民国国学文库
MIN GUO GUO XUE WEN KU

李后主词·苏辛词·周姜词

LI HOU ZHU CI · SU XIN CI · ZHOU JIANG CI

戴景素　叶绍钧　选注

戴　蕾　张义芳　校订

长江出版传媒 ▨ 崇文书局

图书在版编目(CIP)数据

李后主词 苏辛词 周姜词/戴景素,叶绍钧选注;戴蕾,张义芳校订.
—武汉:崇文书局,2014.8(2023.1重印)

(民国国学文库)

ISBN 978-7-5403-3462-8

Ⅰ.①李… Ⅱ.①戴… ②叶… ③戴… ④张… Ⅲ.①五代词—选集 ②宋词—选集 Ⅳ.①I222.8

中国版本图书馆 CIP 数据核字(2014)第 135574 号

民国国学文库 李后主词 苏辛词 周姜词

MINGUO GUOXUE WENKU LI HOUZHU CI SU XIN CI ZHOU JIANG CI

出版发行:崇文书局

地	址:武汉市雄楚大街 268 号 C 座 11 层
印	刷:湖北画中画印刷有限公司
开	本:880mm×1230mm 1/32
印	张:6.875
版	次:2014 年 8 月第 1 版
印	次:2023 年 1 月第 2 次印刷
定	价:35.80 元

总　序

冯天瑜

　　作为汉字古典词，"国学"本谓周朝设于王城及诸侯国都的贵族学校，以与地方性、基层性的"乡校""私学"相对应。隋唐以降实行科举制，朝廷设"国子监"，又称"国子学"，简称"国学"，有朝廷主持的国家学术之意。

　　时至近代，随着西学东渐的展开，与来自西洋的"西学"相比配，在汉字文化圈又有特指本国固有学术文化的"国学"一名出现。如江户幕府时期（1601—1867）的日本人，自18世纪起，把流行的学问归为三类：汉学（从中国传入）、兰学（从欧美传入，19世纪扩称洋学）、国学（从《古事记》《日本书纪》发展而来的日本固有学术）。19世纪末、20世纪初，中国留日学生与入日政治流亡者，以及活动于上海等地的学人，采借日本已经沿用百余年的"国学"一名，用指中国固有的学术文化。1902年梁启超（1873—1929）撰文，以"国学"与"外学"对应，强调二者的互动共济，梁氏曰："今日欲使外学之真精神普及于祖国，则当转输之任者，必邃于国学，然后能收其效。"（《论中国学术思想变迁之大势》）1905年国粹派在上海创办《国粹学报》，公示"发明国学，保存国粹"宗旨。这里的"国学"意为"国粹之学"。该刊发表章太炎（1869—1936）、刘师培（1884—1920）、陈去病（1874—1933）等人的经学、史学、诸子学、文字训诂方面文章，以资激励汉人的民族精神与文化自信。从此，中国人开始在"中国固有学术文化"意义上使用"国学"一词，为"国故之学"的简称。所谓"国故"，指中国传统的学术文化之故实，此前清人多有用例，如魏源（1794—1857）认为，学者不应迷恋词章，学问要从"讨朝章、讨国故始"（《圣武记》卷一一），这"讨国故"的学问，也就是后来所谓之国学。

经清末民初诸学者（章太炎、梁启超、罗振玉、王国维、刘师培、黄侃、陈寅恪等）阐发和研究，国学所涉领域大定为：小学、经学、史学、诸子、文学，约与现代人文学的文、史、哲相当而又加以综汇，突现了中国固有学术整体性特征，可与现代学校的分科教学相得益彰、彼此促进，故自20世纪初叶以来，"国学"在中国于起伏跌宕间运行百年，多以偏师出现，而时下又恰逢勃兴之际。

中国学术素有"文、史、哲不分家"的传统，中国学术的优势与缺陷皆与此传统相关。百年来的中国学校教育仿效近代西方学术体制，高度分科化，利弊互见。其利是促进分科之学的发展，其弊是强为分割知识。为克服破碎大道之弊，有人主张打通文、史、哲壁垒，于是便有综汇中国人文学的"国学"之创设，并编纂教材，进于学校教育、家庭教育、社会教育，其先导性教材结集，为20世纪20年代至30年代原商务印书馆由王云五策划并担任主编的《万有文库》之子系《学生国学文库》。所收均为四部重要著作。略举大凡：经部如诗、礼、春秋，史部如史、汉、五代，子部如庄、孟、荀、韩，并皆刊入；文辞则上溯汉、魏，下迄近代，诗歌则陶、谢、李、杜，均有单本，词则多采五代、两宋。丛书凡60册，已然囊括了"国学"之精粹。其鲜明之特色是选注者掺入了对原著的体味，经史诸书选辑各篇，以表见其书、其作家之思想精神、文学技术、历史脉络者为准。其无关宏旨者，概从删削、剔抉。选注者中不乏叶圣陶、茅盾、邹韬奋、傅东华这样的学界翘楚。他们对传统国学了然于胸，于选注自然是举重若轻，驾轻就熟。这样一份业经选注者消化、反刍的国学精神食粮自然更便于国学入门者吸收。

这样一套曾在20世纪初在传播传统文化、普及国学知识方面起到重要作用的丛书即便今天来看也是历久弥新。崇文书局因应时势，邀约深谙国学之行家里手于原辑适当删减、合并、校勘，以30册300余万言，易名《民国国学文库》呈献当今学子。诸书均分段落，作标点，繁难字加注音，以便省览。诸书原均有注释，古籍异释纷如，原已采其较长者，现做适当取舍、增删。诸书较为繁难、多音多义之字，均注现代汉语拼音，以便讽诵。诸书卷首，均有选注者序，述作者生平、本书概要、参考书举要等，凡所以示读者研究门径者，不厌其详，现一仍其旧。

这样一套入门的国学读物，读者苟能熟读而较之，冥默而求之，国学之精要自然神会。

是为序。

校订说明

丛书原名《学生国学文库》，为20世纪二三十年代商务印书馆王云五主编《万有文库》之子系，为突显其时代印记现易名为《民国国学文库》，奉献给广大国学爱好者。

原丛书共60种，考虑到难易程度、四部平衡、篇幅等因素，在广泛征求专家意见基础上，现删减为34种30册，基本保留了原书的篇章结构。因应时势有极少量的删节。

原文部分，均选用通用、权威版本全文校核，参以校订者己见做了必要的校核和改订。为阅读的通顺、便利，未一一标注版本出处。

注释根据原文的结构分别采用段后注、文后注，以便读者省览。原注作了适当增删，基本上保持原文字风格，之乎者也等虚词适当剔除，增删力求通畅、易懂，避免枝蔓。典实、注引做了力所能及的查证，但因才学有限疏漏可能在所难免。

原书为繁体竖排，现转简体横排。简化按通行规则，但考虑到作为国学读物，普及小学知识亦在情理之中，故而保留了少量通假字、繁体字、异体字，一般都出注说明，或许亦可增加读者的阅读兴趣和扩大知识面。

生僻、多音字作相应注音，原反切、同音、魏妥玛注音，均统一改现代汉语拼音。

国学读物校订，工作浩繁，往往顾此失彼，多有不当处，还望读者指正。

丛书校订工作由余欣然统筹。

李后主词

绪　言

一　李后主略传

南唐后主李煜，初名从嘉，字重光，嗣主①第六子，生当公元 937 年②，死当公元 978 年③。宋建隆二年，嗣立于金陵，彼时南唐已奉宋正朔，穷处江南一隅之地，非复昔日拥有江淮闽楚之势了。宋太祖屡次遣人诏其北上，均辞不去。开宝七年，宋师直取金陵。次年十一月，城陷，后主肉袒降于军门。明年正月，徙至京师，封违命侯，开始度过俘虏的生活。太宗即位，进封陇西郡公。遇害④后，追封吴王，葬洛阳北邙山。

二　后主的性格

后主天资纯孝，爱民恤物；但温懦屡昏，易为奸邪所蒙蔽。兵兴之际，委寄非人。又酷好浮屠，废置政事，自不能保有其国。沈去矜谓"后主疏于治国，在词中犹不失为南面王"。⑤诚然，后主在政治上不过是一个亡国之主，在文艺上却遗下了万世不朽的盛业。

他善属文，工书画，妙于音律，与其父并称南唐二主，词华照耀，如旭日之丽天，当时无与匹敌。他的兄弟如从善、从谦都善歌诗，其后昭惠周氏亦善歌舞，能创新声⑥。他的亲属多富于艺术天才，而他的成功为尤大。尝著《杂说》百篇，又有集十卷，今皆不传，传于今者，仅诗词六十余首⑦。

三　五代时文坛概况

词盛于唐之末世，到了五代，差不多代占五七言古律诗的席地。其时中原大乱，艺事凋零，文士之避乱者，不依南唐，即走西蜀。蜀主王衍及后蜀主孟昶都善为词，他如韦庄、牛峤、牛希济、毛文锡诸人，俱曾留下许多绝妙好词，但总不及南唐后主的词伟大。

南唐李氏文物冠于当时诸国，诸主都能倾心下士，"士之避乱失职者以唐为归"⑧。这位伟大的词家——后主——在未嗣位时，即在东宫开崇文馆以招贤；即位后，更置澄心堂，引文士居其间，讲学论文，至国亡而不辍。他的臣属，如张泌、韩熙载、徐铉、徐锴、高越、冯延巳、徐游辈，风流淹博，在当时文坛上都是杰出的人才。

南唐君臣相谑，几成一时风气。中主与冯延巳之"吹皱春水"⑨，后世固已传为佳话，即后主亦常与徐游流连酬咏，虽后妃在席，亦不为避。在艺术的园土里，只有同情，只有平等，不复更有阶级的区分了。

四　后主的词

后主幼年，国势即就削弱，其后臣服中原，更无自主之力⑩；然而偏安江左，在当时仍不失为南中乐土，所以他的早年作品，还是由繁华欢娱的生活中产生的。我们从《一斛

珠》、《浣溪沙》（红日一首）、《子夜歌》（寻春一首）诸词
的绮丽情绪里，还看不出作者是一个臣事他人的国主⑪。实
在，任何艺人都逃不出"穷而后工"的例子，当时苟安的局
面，尚不能使他的天才发挥尽致，尚不能使他的性灵从血泪
中迸出，直至坐困围城，幽禁异域，他才产出用血泪写成的
《破阵子》《虞美人》《望江南》《浪淘沙》等等的伟大作品。
在这些作品里，其情致之深挚，意境之高远，真是前无古人，
后无来者。

在关于后主作品的许多批评中，要算近人王国维氏最能
认识他的真价了。王氏谓"词至李后主而眼界始大，感慨遂
深"⑫。又谓宋道君皇帝《燕山亭》词略似后主，"然道君不过
自道身世之戚，后主则俨有释迦、基督担荷人类罪恶之意，
其大小固不同矣"⑬。试看他的"独自莫凭阑：无限江山，别
时容易见时难！——流水落花春去也，天上人间！"和"金
剑已沉埋，壮气蒿莱。晚凉天静月华开：想得玉楼瑶殿影，
空照秦淮！"诸句，真不仅觉其词意是寻常的凄凉悲壮，尤可
以见到他是"伤心人别有怀抱"。决不是"风云月露"一类
的靡靡之词。我们要欣赏后主的作品，这一点是不可忽略的。

以上所论，是他的作品的内相；即就外像言之，其词句
之清丽，音韵之和谐，都已达于最高点，而全部作品尽用素
描，绝少涂饰，所引乡言俚语，信手拈来，无不妙造自然。
元人的戏曲，近人的新诗，虽亦多采白话，究觉其不及后主
词之蕴蓄有味，由此可见他的艺术手段的高妙了。

两宋固为词的黄金时代，但不能谓学词必宗两宋。近世词

家以为"唐五代词不易学，五代词尤不必学"，[14]未免偏激。我们爱读后主的词，尽管学他的词，可不必为前人陈说所囿。

五 编例

后主所为词，略可分做三个时期：第一期，继立小周后之前后[15]——欢娱生活中的作品；第二期，从善入朝[16]至金陵失陷——外力压迫下的作品；第三期，北徙京师以后[17]——俘虏生活中的作品。本书编次即依此三标准以为先后，俾读者可由此看出作者艺术精进的轨迹。但有许多作品无从考订其为成于某一个时期以内的，只有编入比较适当的地位。

后主词见于诸本者，文字间有差异，本书择善而从，并注他本异文于后。

诸词本事之可考证者，广为辑注，其中得力于刘继增校笺本处不少。

诸词中有异名同调者[18]，有同名异调者[19]，有为后主创名而后人别立新名者[20]，都在篇后注明。其他调名不更加考证，有志学词者可以另读专书。

中主词五首附录于后，本书即作南唐二主词读亦可。

稿成以后，承友人任二北先生校阅一过，多所补正，书此志谢。

六 刊本考略

后主词向无单行本，与中主所作合称南唐《二主词》。《二主词》版本之可考者，有明万历四十八年常熟吕远刻本，汲古阁毛氏钞本，清康熙二十八年无锡侯文灿所刻《名家词十种》本，江阴金氏《粟香室丛书》本及近刻之《晨风阁丛书》本，无锡图画馆所排印之刘继增校笺本。诸本编次，大略相同㉑。刘氏校笺本可称最善。此外钦定《词谱》㉒所引《二主词》原本的调名，间与前述诸本不合㉓，所谓原本者，当另为一古本。

刘氏校笺本根据吕刻，所录有后主词三十六首，比较毛氏侯氏《晨风阁》诸本，多出《捣练子》（云鬟乱）一首，自序谓为"吕氏所补，非原有也"。刘本《补遗》更搜辑后主词七首，《晨风阁本补遗》较刘本又多二首，综计后主词凡四十五首。除了《更漏子》两首一作温庭筠词，《蝶恋花》一作李冠词，《浣溪沙》（转烛飘蓬一首）一作冯延巳词，《长相思》（一重山一首）一作邓肃词，又《后庭花破子》不辨为后主词抑冯延巳词外，其余诸词概可信为后主的作品。

　　　　　　　　　1927 年元旦　戴景素作于上海

----

①嗣主李璟，庙号元宗。　②晋天福二年。　③宋陆游《南唐书·后主本纪》："太平兴国三年七月辛卯殂，年四十二。是日七夕也，后主盖以是日生。"　④《唐余纪传》："煜以七夕日生，是日燕饮，声伎彻于禁中。太宗衔其有'故国不堪回首'之词，至是又愠其酬畅，乃命楚王元佐等，携觞就其第而助之欢。酒阑，煜中牵机药毒而死。"　⑤见清沈雄《古今词话》。　⑥陆游《南唐书·昭惠后传》谓：后尝制

《邀醉舞破》及《恨来迟破》，"喉无滞音，笔无停思"。
⑦《全唐诗》所辑后主诗有十八首，内《赐宫人庆奴》一首即
《柳枝词》，已收入本编。　　　⑧语见陆游《南唐书》卷十一。
⑨冯延巳作《谒金门》云："风乍起，吹皱一池春水。"中主
云："干卿何事?"对曰："未若陛下'小楼吹彻玉笙寒'也。"
同见马令及陆游《南唐书》。　　　⑩南唐于周显德五年始降于
周，后主当时年二十二岁。　　　⑪陆游《南唐书·元宗本纪》，
显德五年五月"下令去帝号，称国主"。　　　⑫均见《人间词
话》。　　　⑬均见《人间词话》。　　　⑭见况周颐《蕙风词话》，
可以代表这一派词家的见解。　　　⑮宋乾德二年，昭惠周后卒，
开宝元年，继立其妹小周后，是年后主三十二岁。　　　⑯开宝四
年，令郑王从善朝贡。　　　⑰后主被虏时年四十岁。　　　⑱如
《菩萨蛮》即《子夜歌》之类。　　　⑲如《乌夜啼》"昨夜风兼
雨"一首为本调，"林花谢了春红"一首即《相见欢》。
⑳如《乌夜啼》，后人俱作《锦堂春》。　　　㉑《晨风阁丛书》
《南唐二主词》跋谓："右《南词本南唐二主词》与常熟毛氏所
钞，无锡侯氏所刻，同出一源，犹是南宋初辑本。"　　　㉒成于
清康熙五十四年。　　　㉓如《玉楼春》作《惜春容》之类。

目　录

第三期作品

中主词（附录）

第一期作品

浣 溪 沙①

红日已高三丈透，金炉②次第添香兽③，红锦地衣随步皱。佳人舞点金钗溜，酒恶④时拈花蕊嗅，别殿遥闻箫鼓奏。

----

①词见宋蔡绦《西清诗话》，陈善《扪虱新语》亦引之，但"红日"作"帘日"，"点"作"彻"，"别殿遥闻"作"别院时闻"。　②清毛先舒《南唐拾遗记》："李后主居长秋殿，周氏居柔仪殿，有主香宫女。其焚香之器曰把子莲，三云，凤折腰，狮子，小三神，互字，金凤口，罂玉，太古容华鼎，凡数十种，皆金玉为之。"　③晋羊琇性豪侈，尝用炭屑和作兽形以温酒，世称之为"兽炭"。香兽，指香料。　④酒恶：俚语，醉酒。

玉 楼 春①

晚②妆初了明肌雪，春殿嫔娥鱼贯列。凤③箫吹④断水云间，重按《霓裳》⑤歌遍彻。

临春⑥谁更飘香屑，醉拍阑干情味⑦切。归时休照⑧烛花红，待放⑨马蹄清夜月⑩。

----

①《钦定词谱》："《玉楼春》，李煜词名《惜春容》。"
②一作"晓"。　　③凤：吕本作"笙"。　　④吹：《词谱》作"声"。　　⑤陆游《南唐书》："后主昭惠国后小名娥皇，通书史，善歌舞，尤工琵琶。故唐盛时，《霓裳羽衣》最为大曲，乱离之后，绝不复传，后得残谱，以琵琶奏之，于是开元天宝之遗音复传于世。"　　⑥春：《词谱》作"风"。
⑦味：《武陵逸史》《草堂诗余》作"未"。　　⑧照：《词谱》作"放"。　　⑨放：《词谱》作"踏"。　　⑩明王世贞《词评》："'归时休放烛花红，待踏马蹄清夜月。'致语也；'问君还有几多愁？却似一江春水向东流！'情语也；后主直是词手。"清沈际飞于《草堂诗余》评此词云："侈从已极，那得不失江山；《浪淘沙》词即极凄楚，何足赎也。"

更 漏 子①

金雀钗，红粉面，花里暂时相见。知我意，感君怜，此情须问天。

香作穗，蜡②成泪，还似两人心意。珊③枕腻，锦衾寒，觉④来更漏残。

----

①蜀赵崇祚《花间集》题温庭筠作。　　②蜡：指蜡制的

烛。　　③珊：诸本作"山"，此依汲古阁旧钞本。　　④觉：诸本作"夜"，此依《花间集》。

菩 萨 蛮①

花明月黯飞②轻雾，今朝③好向郎边去。刬袜④步⑤香阶，手提金缕鞋⑥。

画堂南畔见，一向偎人颤。奴为出⑦来难，教君恣意怜⑧。

----

①此调别作《子夜歌》。　　②飞：《全唐诗》作"笼"。③朝：《全唐诗》作"宵"。　　④刬（chà）：吕本作"刬（chǎn）"。刬袜：开口未加束的袜。　　⑤步：吕本作"出"。⑥后主继室周氏为昭惠后的母弟，"自昭惠殂，常在禁中。后主乐府词有'刬袜步香阶，手提金缕鞋'之类，多传于外，至纳后乃成礼而已。翌日，大宴群臣，韩熙载以下皆为诗以讽焉，而后主不之谴。"见马令《南唐书》。　　⑦出：明陈耀文《花草粹编》作"去"。　　⑧《古今词话》载孙琮评云："'感郎不羞赧，回身向郎抱。'六朝乐府便有此等艳情，莫诃词人轻薄……李后主词'奴为出来难，教君恣意怜'，正是词家本色，但嫌意态之不文矣。"又清许昂霄评此词云："情真景真，与空中语自别。"

又

蓬莱①院闭天台②女，画堂昼寝人无语。抛枕翠云③光，绣衣闻异香。

潜来珠锁④动，惊觉银屏⑤梦。慢脸⑥笑盈盈，相看无限情。

----

①蓬莱：昔称为仙岛。　②天台：山名，昔传有仙女居其中。　③翠云：形容妇人的发柔曲如云。　④珠锁：衣上或帘上的饰物。　⑤银屏：《全唐诗》作"鸳鸯"。⑥幔脸：吕本作"脸慢"。

又①

铜簧②韵脆锵寒竹，新声慢奏移纤玉③。眼色黯相钩，秋④波横欲流。

雨云深绣户，来⑤便谐衷素。宴罢又成空，梦⑥迷春睡⑦中。

----

①《古今词话》："后主'铜簧韵脆''花明月黯'两词，为继立周后作也。周后即昭惠后之妹。昭惠感疾，周后常留禁中，故有'来便谐衷素''教君恣意怜'之语，声传外庭，至再立后成礼而已。"　②簧：笙竽管中的薄叶，以铜片为之。③纤玉：指女手。　④秋：清张宗橚《词林纪事》作"娇"。

⑤来：吕本作"未"。　　⑥梦：《花草粹编》作"魂"。
⑦睡：吕本作"梦"。

喜 迁 莺

晓月坠，宿云①微，无语枕频②敧③。梦回芳草思依依，天远雁声稀。

啼莺散，余花乱，寂寞画堂深院。片红④休扫尽从伊，留待舞人归。

----

①云：明顾梧芳《尊前集》作"烟"。　　②频：吕本作"凭"。　　③敧（qī）：倾侧之意，俗作"欹"。　　④片红：落花。

长 相 思

云一緺①，玉一梭，澹澹②衫儿薄薄罗。轻颦双黛螺③。
秋风多，雨相④和，帘外芭蕉三两窠⑤。夜长人奈何！

----

①緺（guā）：紫青色的丝绦。　　②澹澹，言衫之色。
③黛螺：指眉。　　④相：《花草粹编》《全唐诗》。俱作"如"。　　⑤窠：此处同"棵"。

一 斛 珠

晚①妆初过，沉檀②轻注些儿个。向人微露丁香③颗，一曲清歌，暂引樱桃④破。

罗袖裛⑤残殷⑥色可，杯深旋被香醪⑦涴⑧。绣床斜凭娇无那⑨，烂嚼红茸⑩，笑向檀郎⑪唾。

----

①晚：吕本作"晓"。　　②宋洪刍《香谱》载：江南李主帐中香法，用沉香一两，细剉，加以鹅梨十枚，研取汁于银器内盛却，蒸三次，梨汁干即用之。　　③丁香：一名鸡舌香，世常用以称女子的舌。　　④女子的口有时被称为樱唇，以其娇小而色红，有类樱桃。　　⑤裛（yì）：沾湿。　　⑥殷：红色。　　⑦醪（láo）：浊酒。　　⑧涴（wò）：污染。　　⑨无那：即无奈之意。　　⑩茸：此处与"绒"通。　　⑪檀郎：一说潘安小字檀奴，故妇人常呼所欢为檀郎；一说檀为香木，檀郎含有香体之意。

子 夜 歌①

寻春须是先春早，看花莫待花枝老。缥色②玉柔③擎，醅浮盏面清④。

何妨⑤频笑粲，禁苑⑥春归晚。同醉与闲平⑦，诗随羯鼓⑧成。

----

①调即《菩萨蛮》，《词谱》："南唐李煜词名《子夜歌》。"②缥（piǎo）色：衣袖。　　③玉柔：谓擎盏之手。④清：此字吕本原阙，刘本注云："一本作'清。'"

⑤何妨：吕本原亦阙，但注云："二字漫灭不可认，疑是'何妨'字。"　⑥禁苑：皇室的园囿禁止闲人进去，称禁苑。⑦平：同"评"。　⑧羯：一本作"叠"。羯鼓：一种乐器。

后庭花破子①

玉树后庭前，瑶草妆镜边。去年花不老，今年月又圆。莫教偏。和月和花②，天教③长少年。

----

①《古今词话》及晨风阁本补遗均引陈旸《乐书》云：《后庭花破子》，李后主、冯延巳相率为之，其词如上，但不知李作抑冯作也。《花草粹编》谓此词作者失注。杜文澜《词律补遗》谓此调创自金元，想未见陈书。　②和月和花：《花草粹编》作"和花和月"。　③天教：《花草粹编》作"大家"。

渔　父①

浪花有意②千重③雪，桃李④无言一队春。一壶酒，一竿纶⑤，世上⑥如侬有几人？

----

①《词谱》谓此调一名《渔歌子》。《花草粹编》两首题为"题供奉卫贤《春法钓叟图》"。晨风阁本注云："右（渔父）二阕见《全唐诗话·历代诗余录》，笔意凡近，疑非后主作也。"②浪花有意：《粹编》《词谱》俱作"阆苑有情"。　③重：

《粹编》作"里"。　　④李：吕本作"花"。　　⑤纶：诸本俱作"身"，此依吕本。　　⑥世上：《粹编》《词谱》俱作"快活"。

又

一棹①春风一叶舟，一纶茧缕②一轻钩。花满渚，酒满瓯，万顷波中得自由。

----

①棹：同"櫂"。　　②茧缕：谓钓丝。

第二期作品

蝶 恋 花①

　　遥夜亭皋②闲信③步。乍④过清明，早⑤觉伤春暮。数点雨声风约住，朦胧淡月云来去。⑥

　　桃李⑦依依春⑧黯度。谁在秋千，笑⑨里低低⑩语？一片芳心千万绪，人间没个安排处！

----

①吕本注："见《尊前集》，《本事曲》以为山东李冠作。"《晨风阁本校勘记》："此阕《花庵词选》亦题李冠。《后山诗话》云：王介甫谓'云破月来花弄影'不如李冠'朦胧淡月云来去'，亦以此关为冠作。"　　②亭皋：湿地。　　③信：吕本作"倒"。　　④乍：《全唐诗》作"绕"。　　⑤早：《全唐诗》作"渐"。　　⑥沈际飞于《草堂诗余》评"数点雨声"两句云："片时佳景，两语留之。"　　⑦李：一本作"杏"。　　⑧春：《全唐诗》作"香"。一本作"风"。　　⑨笑：一本作"影"。　　⑩低低：《全唐诗》作"轻轻"。

更 漏 子[①]

柳丝长，春雨细，花外漏声迢递。惊塞[②]雁，起城[③]乌，画屏金鹧鸪。

香雾薄，透重[④]幕，惆怅谢家池阁（gé）。红烛背，绣帏[⑤]垂，梦长君不知。

----

①《花庵词选》题温庭筠作。　②塞：吕本作"寒"。
③城：吕本作"寒"。　④重：《花庵词选》作"帘"。
⑤帏：《花庵词选》作"帘"。

杨 柳 枝[①]

风情渐老见春羞，到处芳魂感旧游。多见长条似相识，强垂烟穗拂人头。

----

①《全唐诗》题作《赐宫人庆奴》，晨风阁本作《柳枝》。明顾起元《客座赘语》："南唐宫人庆奴，后主以词赐之云：'……。'画于黄罗扇上，流落人间，盖《柳枝》也。"晨风阁本注云："《墨壮漫录》云，后主画此词于黄罗扇上，赐宫人庆奴，实《柳枝》词也。"

清 平 乐

别来春半，触目愁肠断。砌下落梅和雪乱，拂了一身还满①。

雁来音信无凭②，路遥归梦难成。离恨恰如春草，更行更远还生。

----

①谭复堂评："'泪眼向花花不语，落红飞过秋千去'，与此同妙。"　　②引用雁足传书事。

阮 郎 归①

呈郑王②十二弟。

东风吹水日衔山，春来长是闲。落花狼藉酒阑珊，笙歌醉梦间。

珮声悄③，晚妆残，凭谁④整翠鬟？留连光景惜朱颜，黄昏独倚阑。

----

①吕本于词后注云："后有隶书东宫书府印。"刘本笺云："此词又见欧阳修《六一词》……又见冯延巳《阳春集》，又《阑畹集》为晏殊作，今考本书有题有印，当从《草堂诗余》作后主为确。"晨风阁本注云："《五代史·南唐世家》，从益（编者按：疑系从善之误）封郑王在后主即位之后，此即云呈郑

王，复有东官府印，殊不可解。不知史误，抑手迹伪也。"
②陆游《南唐书》："开宝四年冬十月……今郑王从善朝贡，称
江南国主。"又："从善字子师，元宗第七子……开宝四年，遣
朝太祖……拜泰宁军节度使，留京师，赐甲第汴阳坊……后主
闻命，手疏求从善归国，太祖不许……后主愈悲思，每凭高北
望，泣下沾襟，左右不敢仰视。由是岁时游燕，多罢不讲。尝
制《却登高文》曰：'……怆家艰之如毁，萦离绪之郁陶。陟彼
冈兮跂予足，望复关兮睇予目。原有鸰兮相从飞，嗟予季兮不
来归！空苍苍兮风凄凄，心踯躅兮泪涟洏。无一豷之可作，有
万绪以缠悲。'……太平兴国初，改右千牛卫上将军。雍熙四年
卒，年四十八。"　　③珮声悄：《草堂诗余》作"春睡觉"。
④凭谁：《草堂诗余》作"无人"。

采 桑 子①

亭②前春逐红英③尽，舞态徘徊。细④雨霏微，不放双眉
时暂开。

绿窗冷静芳音断，香印成灰。可奈情怀，欲睡朦胧入
梦来。

----

①《词谱》："南唐李煜词名《丑奴儿令》。　　②亭：晨
风阁本作"庭"。　　③英：指花。　　④吕本阙一字，汲古阁
钞本作"零"，《花草粹编》、侯本、《全唐诗》俱作"细"。

捣练子令^①

深院静，小庭空，断续寒砧^②断续风。无奈夜长人不寐，数声和月到帘栊^③。

----

①清徐釚《词苑丛谈》："李重光'深院静'小令一阕，杨升庵曰：词名《捣练子》，即咏捣练也。复有'云鬓乱'一篇，其词亦同，众刻无异尝见一旧本，则俱系《鹧鸪天》。二词之前，各有半阕。其'云鬓乱'一阕云：

"节候虽佳景渐阑。吴绫已腝（ruán）越罗寒。朱扉日暮随风掩，一树藤花独自看。　　云鬓乱，晚妆残，带恨眉儿远岫攒。斜托香腮春笋嫩，为谁和泪倚阑干？

"其'深院静'一阕云：

"塘水初澄似玉容，所思还在别离中。谁知九月初三夜，露似珍珠月似弓？　　深院静，小庭空，断续寒砧断续风。无奈夜长人不寐，数声和月到帘栊。"

刘本笺云："《鹧鸪天》，唐人罕有填此调者，宋元诸作亦只一体。"并引《词谱》所载晏几道《鹧鸪天》词，谓"字句虽同，后段平仄全异，升庵孤说，恐不足信"。晨风阁本亦有注云："'可怜九月初三夜，露似珍珠月似弓。'此乐天《暮江吟》后二句，见《白氏长庆集》卷十九，后主不应全袭之。且《鹧鸪天》下半阕平仄亦与《捣练子》不合，显系明人赝作，徐氏信之，误矣。"但况夔笙以为升庵"自负见闻赅博，不恤杜譔肆欺。"并谓《鹧鸪天》二阕中，"以塘水初澄比方玉容，其为妙肖，匪夷所思。'云鬟乱'前段，尤能以画家白描法，形容一极贞静之思妇。绫罗间之暖寒，非深闺弱质工愁善感者体会不到。一树藤花，确是人家庭院景物，曰'独自看'，其殆《白华》之诗无营无欲之旨乎！扉无风而自掩，境至清寂，无一点尘。如此云云，可知远岫眉攒，倚阑和泪，皆是至真至正之情，有合风人之旨；即词境词格，亦与之俱高，虽重光复起，宜无间然。或独讥其向壁虚造、宁非同欤。"　　②砧：捣衣石。③㡓：窗帘。

捣 练 子

云鬟乱，晚妆残，带恨眉儿远岫①攒②。斜托香腮春笋③嫩，为谁和泪倚④阑干？

------

①岫（xiù）：山的峰峦。　　②攒：聚合之意。　　③春笋：喻女子的手。　　④倚：吕本作"忆"。

三 台 令①

不寐倦长更，披衣出户行。月寒秋竹冷，风切夜窗声。

------

①晨风阁本补遗注："见《历代诗余》引《古今词话》。"

采 桑 子

辘轳①金井梧桐晚，几树经秋。昼②雨新③愁，百尺虾须④在玉钩⑤。

琼窗春断双蛾皱。回首边头，欲寄鳞游⑥，九曲寒波不溯流。

----

①辘轳：井上转动的木架，用以汲水。　　②昼：一本作"旧"。③新：《草堂诗余》作"和"，《全唐诗》作"如"，此依吕本。　　④虾须：竹帘的别名。　　⑤钩：《花草粹编》《全唐诗》俱作"上"。　　⑥沈际飞于《草堂诗余》评云："何关鱼雁山水，而词人一往寄情，煞甚相关。秦李诸人，多用此诀。"

长 相 思①

一重山，两重山，山远天高烟水寒，相思枫叶丹②。
鞠③花开，鞠花残，塞雁高飞人未还，一帘风月闲。

----

①晨风阁本注："别见邓肃《栟榈词》。"　　②枫叶经秋而红。　　③鞠：同"菊"。

谢 新 恩[1]

金窗力困起还慵[2]。

----

①《词谱》："《临江仙》，唐教坊曲名，李煜词名《谢新恩》。"　　②此阕依吕本仅剩七字。《花草粹编》《词谱》，此七字均在第四阕。

又[1]

秦楼不见吹箫女，空余上苑风光。粉英金[2]蕊自低昂。东风恼我，才发一襟香。

琼窗□[3]梦[4]留残日，当年得恨何长？碧阑干外映垂杨。暂时相见，如梦懒思量。

----

①《晨风阁本校勘记》："此首实《临江仙》调。"　②金：晨风阁本作"含"。　　③原阙一字。　　④□梦：晨风阁本作"梦□"，此依吕本。

又[1]

樱花落尽阶前月，象床[2]愁倚薰笼。远是去年今日，恨还同。

双鬟不整云憔悴，泪沾红抹胸。何处相思苦？纱窗醉梦中。

----

①刘本注："此阕字句脱误，无别本可校。"　　②床：吕本作"妆"，此依晨风阁本。

又①

庭空客散人归后，画堂半掩珠帘。林风淅淅夜厌厌。小楼新月，回首自纤纤。

春光镇在人空老，新愁往恨何穷。金刀力困起还慵②。一声羌笛，惊起醉怡容。

----

①《晨风阁本校勘记》："此亦《临江仙》调。"　　②吕本，此处缺七字，此依《花草粹编》及《词谱》。

又①

樱桃②落尽春将困，秋千架下归时。漏暗③斜月迟迟，在花枝④。彻晓纱窗下，待来君不知。

----

①此阕亦多阙脱，无可校补。　　②桃：晨风阁本作"花"。　　③吕本注："二字又疑是'满阶。'"　　④吕本注："以下阙十二字。"

又①

冉冉秋光留不住，满阶红叶暮。又是过重阳，台榭登临处，茱萸②香坠。

紫鞠气，飘庭户，晚烟笼细雨。雝雝③新雁咽寒④声，愁恨年年长相似。

----

①刘本注云："此阕既不分段，亦不类本调，而他调亦无有似此填者。"此依晨风阁本分二叠。刘本又注云："案以上六词，原注谓出孟郡王家墨迹，疑当时纸幅断烂，录者仅依错简如此。"　②茱萸：一种乔木，古时登高，佩其枝叶。
③雝：同"雍"。　④寒：一作"愁"。

临 江 仙①

樱桃落尽春归去，蝶翻轻②粉双飞。子规啼月小楼西。玉钩罗幕③，惆怅暮烟垂④。

别⑤巷寂寥人散⑥后，望残烟草低迷⑦。炉香闲袅⑧凤皇儿。空持罗带，回首恨依依。

----

①吕本注："《西清诗话》云：后主围城中作此词，未就而城破。尝见残稿点染晦昧，心方危窘，不在书耳。案《实录》，开宝七年十月伐江南，明年十一月破升州，此词乃咏春，决非城破时作。然皇师围升州既一年，后主于园城中作此词不可知。"《雪舟脞语》："南唐后主在围城中作长短句，未就而城破。词云：'樱桃……低迷。'艺祖云：李煜若以作诗工夫治国事，岂为吾禽也。"　②轻：诸本俱作"金"，此依《耆旧续

闻》；下同。　　　③玉钩罗幕：宋胡仔《苕溪渔丛丛话》作
"曲阑金箔"，《雪舟脞语》作"曲阑琼室"，吕本作"画帘珠
箔"。　　　④暮烟垂：诸本多作"卷金泥"。　　　⑤别：诸本作
"门"。　　　⑥散：诸本俱作"去"。　　　⑦下文诸本原阙，认
为作词未就而城破。宋张邦同《墨庄漫录》："宣和间，蔡宝臣
致君收南唐后主书数轴来京师，以献蔡绦约之；其一乃王师攻
金陵城破时，仓皇中作一疏祷于释氏……又有《看经发原文》，
自称莲峰居士李煜。又有长短句《临江仙》云：樱桃结子春光
尽，蝶翻金粉双飞，子规啼月小楼西。玉钩罗幕，惆怅卷金泥。
门巷寂寥人去后，望残烟草低迷。而无尾句，刘延仲为补之曰：
何时重听玉骢嘶？扑帘飞絮，依约梦回时。"刘本笺云："案，
康伯可亦有补足李重光词云：闲寻旧曲玉笙悲。关山千里恨，
云汉月重规。"惟《耆旧续闻》录有全文云："余家藏李后主
《七佛戒经》，又杂书二本，皆作梵叶。中有《临江仙》涂注数
字，未尝不会，……其词云：'樱桃……依依。'后有苏子由题
云：'凄凉怨慕，真亡国之音也。'"清朱彝尊《词综》："是词
相传阙后三句，刘延仲补云，'何时……梦回时。'而《耆旧续
闻》所载，固是全作，当从之。"　　　⑧袅：缭绕如烟飘动状。

第三期作品

破 阵 子

四①十年来②家国，三③千里地山河。凤阁④龙楼连霄汉，玉树琼枝作烟萝，几曾识⑤干戈！

一旦归为臣虏⑥，沈腰⑦潘鬓⑧销磨。最是仓皇辞庙日，教坊⑨犹奏别离歌，挥⑩泪对宫娥⑪！

----

①四：一本作"三"。　　②来：一本作"余"。　　③三：一本作"数"。　　④阁：《全唐诗》作"阙"。　　⑤识：一本作"惯"。　　⑥虏：《词林纪事》作"仆"。　　⑦腰：吕本作"郎"。　　⑧沉腰潘鬓：南朝的沈约因为不得志，写信给人，说自己常常有病，腰日渐瘦。潘岳有《秋兴赋》说："斑鬓髟以承弁兮。"是鬓渐花人渐老之意。　　⑨教坊始创于唐，专司女乐，供宫中礼宴之用。　　⑩挥：吕本作"垂"。　　⑪宋苏轼《东坡志林》："后主既为樊若水所卖，举国与人，故当恸哭于九庙之外，谢其民而后行，顾乃挥泪宫娥，听教坊离曲哉！"《南唐拾遗记》引其语，注云："案此词或是追赋，倘煜是时犹作词，则全无心肝矣。至若挥泪听歌，特词人偶然语；且据煜词则挥泪本为哭庙，而离歌

乃伶人见煜辞庙而自奏耳。"清梁绍王《两般秋雨庵随笔》："南唐李后主词：'最是仓皇辞庙日，不堪重听教坊歌，挥泪对宫娥。'讥之者曰，仓皇辞庙，不挥泪于宗社，而挥泪于宫娥，其失业也宜矣。不知以为君之道责后主，则当责之于垂泪之日，不当责之于亡国之时。若以填词之法绳后主，则此泪对宫娥挥为有情，对宗社挥为乏味也。此与宋蓉塘讥白香山诗谓忆妓多于忆民，同一腐论。"

[附注]友人任二北君与编者讨论此词，疑其出自他人，非后主真作。以为全词绝似旁观者对于后主之事加以叹息，非若后主其余自伤沦落诸作，出语真切，千回百转也。"凤阁"两句，着意粗卤，宜出措大，尤不似后主生长其间者之识见旨趣与口吻矣。又谓后人之论，皆缘《东坡志林》，而《志林》本是伪书，未足深据也。倘《破阵子》之起源可考，则其词果出宋人，抑出五代，不难断定。

虞　美　人

　　风回小院庭芜绿，柳眼春相续。凭阑半日独无言，依旧竹声新月似当年！

　　笙歌未散尊罍①在，池面冰初解。烛明香黯画楼②深，满鬓清霜残雪③思难任④！

----

　　①罍（lěi）：吕本作"前"。尊罍：泛指酒器。　　②楼：吕本作"歌"。　　③霜、雪：喻白发。　　④任：《全唐诗》《词谱》俱作"禁"。

又①

春花秋月②何时了，往事知多少。小楼昨夜又东风，故国不堪回首月明中！

雕阑玉砌应犹③在，只是朱颜④改。问君能⑤有几⑥多愁？恰似⑦一江春水向东流！⑧

----

①清王士桢《花草蒙拾》："钟隐（按后主尝自号钟山隐士）入汴后，'春花秋月'诸词与'此中日夕只以眼泪洗面'一帖，同是千古情种，较长城公煞是可怜！"　②月：《花庵词选》作"叶"。　③应犹：吕本作"依然"，此从汲古阁旧钞本。　④王壬秋评："朱颜本是山河，因归宋不敢言耳；若直从山河，反又浅也。结亦恰到妙处。"　⑤能：吕本作"都"，一作"还"，此从侯本。　⑥几：旧钞本作"许"。　⑦似：吕本作"是"，此从《花草粹编》。　⑧陆游《避暑漫钞》："李煜归朝后，郁郁不乐，见于词语。在赐第七夕，命故妓作乐，声闻于外，太宗怒；又传'小楼昨夜又东风'及'一江春水向东流'之句，并坐之，遂被祸。"元伊士珍《琅琊记》："紫竹爱缀词，一日手李后主集，其父元伯问曰：'后主词中，何处最佳？'答曰：'问君能有几多愁，恰似一江春水向东流。'"

望江梅①

闲梦远，南国正芳春：船上管弦江面绿，满城飞絮混②轻尘，忙③杀看花人！

------

①调即《望江南》。吕本作双调，此依《全唐诗》及《历代诗余》分作两首。　②混：吕本作"辊"。　③忙：《花草粹编》《全唐诗》俱作"愁"。

又

闲梦远，南国正清秋：千里江山寒色暮①，芦花深处泊孤舟，笛在月明楼。

------

①暮：吕本作"远"。

望 江 南①

多少恨，昨夜梦魂中：还似旧时游上苑，车如流水马如龙，花月正春风！

------

①吕本作双调，此依《尊前集》分作两首。《词谱》："李煜词名《望江梅》，此皆唐词单调，至宋词始为双调。"

又

多少泪，断脸①复横颐。心事莫将和②泪说③，凤笙休向泪时④吹，肠断更无疑。

----

①断脸:《全唐诗》作"沾袖"。　　②和:吕本作"如"。
③说:《全唐诗》作"滴"。　　④泪时:《全唐诗》作"月
明"。

乌 夜 啼①

林花谢了春红,太匆匆。无奈②朝来寒雨晚来风。

胭脂泪,留人醉,几时重? 自是人生长恨水长东!

----

①调为《相见欢》之别名。《词谱》:"《乌夜啼》,唐教坊
曲名。此调五字起者或名《圣无忧》,六字起者或名《锦堂
春》,宋人俱填《锦堂春》体,其实始于南唐李煜,本名《乌
夜啼》也。"《词律》反以《乌夜啼》为别名者,误。惟《相见
欢》一调别名《乌夜啼》(即前一首),与此无涉。　　②无
奈:吕本作"常恨"。

又

昨夜风兼雨,帘帏飒飒①秋声。烛残漏断②频欹枕,起坐
不能平。

世事漫随流水,算来梦里③浮生。醉乡路稳宜频到,此
外不堪行。

----

①飒飒:风雨声。　　②古人以漏壶计时,"漏断"谓夜深

壶水漏尽。　　③梦里：侯本作"一梦"。

相 见 欢[①]

无言独上西楼，月如钩。寂寞梧桐深院锁清[②]秋。

剪不断，理还乱，是离愁。别是一般滋味在心头[③]。

----

①《花庵词选》调作《乌夜啼》。注云："此词最凄惋，所谓亡国之音哀以思。"　　②清：一本作"深"。　　③王壬秋评云："词之妙处，亦别是一般滋味。"

子 夜 歌[①]

人生愁恨何能免，销魂独我情何限！故国梦重归，觉来双泪垂。

高楼谁与上[②]？长记秋晴望。往事已成空，还如一梦中！

----

①马令《南唐书》本注："后主乐府词云：'故国梦初归，觉来双泪垂。'又云：'小楼昨夜又东风，故国不堪回首月明中。'皆思故国也。"　　②上：旧钞本作"共"。

浪 淘 沙

往事只堪哀，对景难排！秋风庭院藓侵阶。一行[①]珠帘闲不卷，终日谁来！

金剑②已沉埋，壮气蒿莱。晚凉天净月华开。想得玉楼瑶殿影，空照秦淮③！

----

①旧钞本、晨风阁本俱作"任"；侯本、《全唐诗》俱作"桁"。(案：与"行"通)　　②剑：吕本作"锁"。
③秦淮：指秦淮河。南唐故都升州，即今南京。

浣　溪　沙

转烛①飘蓬一梦归，欲寻陈迹怅人非，天教心愿与身违。
待月池台空逝水，荫花楼阁谩②斜晖，登临不惜更沾衣。

----

①佛经有"富贵贫贱，有如转烛"之语。　　②谩：通作
"漫"，助辞。

浪淘沙令①

帘外雨潺潺②，春意阑珊③。罗衾不耐④五更寒。梦里不
知身是客，一晌贪欢⑤。

独自莫凭阑，无限江⑥山。别时容易见时难。流水落花
春⑦去也，天上人间⑧！

----

①调即《浪淘沙》。《西清诗话》："后主归朝后，每怀江

国，且念嫔妾散落，郁郁不自聊，遂作此词，含思悽惋，未几下世。"《乐府纪闻》："后主归宋后，与故宫人书云：'此中日夕，只以眼泪洗面。'每怀故国，词调愈工。其赋《浪淘沙》《虞美人》云云，旧臣闻之，有泣下者。七夕，在赐第作乐，太宗闻之怒，更得其词，故有赐牵机药之事。"　　②潺潺：水流状。　　③阑珊：吕本作"将阑"，此从《花庵词选》。④耐：吕本作"暖"，此从《草堂诗余》。　　⑤清贺裳《词筌》："南唐主《浪淘沙》曰：'梦里不知身是客，一晌贪欢。'至宣和帝《燕山亭》则曰：'无据，和梦也有时不做'，其情更惨矣。呜呼，此犹《麦秀》之后有《黍离》也！"　　⑥江：吕本作"关"，此从《花庵词选》。　　⑦春：吕本作"归"，此从《草堂诗余》。　　⑧沈际飞于《草堂诗余》评云："梦觉语妙，那知半生富贵，醒亦是梦耶！"又云："末句可言不可言，伤哉！"谭复堂评此词云："雄奇幽怨，乃兼二难。"

中主词（附录）

应 天 长

一钩初[①]月临妆镜，蝉鬓凤钗慵不整。重帘静，层楼迥，惆怅落花风不定。

柳堤芳草径，梦断辘轳金井。昨夜更阑酒醒，春愁过却病。

---

①初：侯本作"新"。

望 远 行

碧[①]砌花光锦绣[②]明，朱扉长日镇长扃[③]。余[④]寒不[⑤]去梦难成，炉香烟冷自亭亭。

辽阳[⑥]月，秣陵砧，不传消息但传情。黄金窗[⑦]下忽然惊：征人归日二毛[⑧]生。

---

①碧：《花草粹编》作"绕"，旧钞本作"玉"。　　②锦绣：《花庵词选》作"照眼"。　　③此句《花草粹编》作"朱

扉镇日长扃"六字。扃（jiōng）：门闩、门环等。　④余：
《花草粹编》旧钞本俱作"夜"。　⑤不：《花庵词选》作
"欲"。　⑥辽阳：《花草粹编》旧钞本俱作"残"。
⑦窗：《花庵词选》作"台"。　⑧二毛：斑白的头发，常用
以指老年人。

浣　溪　沙

风约①轻云贴水飞，乍晴池馆燕争泥，沈郎多病不胜衣。
沙上未闻鸿雁信，竹间时有②鹧鸪啼，此情惟有落花知。

---

①约：《花草粹编》作"压"。　②有：《全唐诗》作
"听"。

摊破浣溪沙①

手卷真珠②上玉钩，依然③春恨锁重楼。风里落花谁是
主？思悠悠。

青鸟不传云外信，丁香空结雨中愁。回首绿波三楚④暮，
接天流。

---

①《南唐书》："王感化善讴歌，声韵悠扬，清振林木。元
宗嗣位，尝乘醉命感化奏水调词，感化唯歌'南朝天子爱风流'
一句，如是者数四，元宗辄悟，覆杯叹曰：'使孙陈二主得此一

句，不当有衔璧之辱也。'感化由是有宠，元宗尝作《浣溪沙》二阕，手写赐感化。后主即位，感化以其词札上之，后主赏赐甚优。"　　②真珠：即珍珠。《花庵词选》作"珠帘"。③然：《花庵词选》作"前"。　　④楚：《花庵词选》作"峡"。

又

菡萏香销翠叶残，西风愁起绿波间。还①与韶②光共憔悴，不堪看。

细雨梦回鸡塞远，小楼吹彻玉笙寒③。多少泪珠何限恨，倚④阑干。

------

①还：吕本作"远"，此从《花间集》。　　②韶：吕本作"容"，旧钞本作"寒"，此从《花庵词选》。　　③《雪浪斋日记》："荆公问山谷：'作小词曾看李后主词否？'云：'曾看。'荆公云：'何处最好？'山谷以一江春水向东流为对。荆公云：'未若细雨梦回鸡塞远，小楼吹彻玉笙寒'最好。"《词苑》："细雨梦回二句元宗词，荆公误以为后主也。"又参看《绪言》第三节注二。　　④倚：吕本作"寄"。

苏辛词

绪 言

统观自来的文艺，意境是逐渐地开拓，材料是逐渐地丰富。平庸的人作文艺，只在旧的意境里讨生活，旧的材料里做工夫；一半因为把捉不到新鲜的，又一半也因为有一种偏见——必得循轨依步方才是某种文艺的正宗的本色。天才就不然。天才当是新意境的开辟者，新材料的采集者。文艺因有新的意境，新的材料，就有更壮大的生命力，放出摄引人的光彩。于是平庸的人的眼界跟着宽广了，心思跟着解放了，作起文艺来也要涉足于新的范围里。这是文艺的一度的发展。举例来说："美人香草"的托喻，是几个创作楚辞的有名无名的天才的遗泽；"模山范水"的抒写，是"二谢"诸人的成绩；在他们之后的诗国，领土就扩大了丰足了不少。就此类推，从文艺史里可以作好些有意味的研究。

现在讲词。词从发生到北宋，中间出了很不少的作家。我们看他们的作品，从意境上，从材料上，觉得一部《花间集》可做他们的代表。《花间集》里，大部是闺情、别意、流连光景之作。不好的不讲；做得好的，自成一种凄惋、惆怅、柔丽、细腻的风格，是自来诗里不具的。这当然可贵。但是风气一酿成，能超拔的人就很少。人几乎这样想：像《花间》这样的才是词，即如欧阳、二晏，也未能脱出这种风气。只因涵濡的厚，体味的深，所以能在风格的拘牵之中，写出他们独特的名篇。此外平庸之辈，就只有规行矩步，摹写《花间》了。这就是说，如其词的领域为《花间》独占，是词的不幸；要他继续发展，意境上材料上须得开拓须得丰富才行。

大天才苏轼——字子瞻，号东坡居士，眉州眉山人，生于宋仁宗景佑三年（1036），死于徽宗建中靖国元年（1101），事迹可看《宋史》卷三三八——出来，就担负了这个使命。他作词，其意境与材料，也不是屏斥闺情、别意、流连光景；但在这些之外，还有别的东西。刘熙载说：

东坡词颇似老杜诗，以其无意不可入，无事不可言也。

无意不入，无事不言，当然一变《花间》的风格，《花间》的凄惋、惆怅、柔丽、细腻不复足以范围他。因他的才性，他赋予词向来不大有的豪爽与超逸。豪爽、超逸与凄惋、惆怅等等到底哪个高哪个低？这是非艺术的功利的问题。我们如其不先存什么成见，只觉风格虽不同，却同样足以吟味，并没有高低可分。不过他确在词的领域里栽下新的东西，使词盛大地发展了。《吹剑续录》说：

东坡在玉堂日，有幕士善歌，因问：“我词比柳耆卿何如？”对曰：“柳郎中词，只好十七八女孩儿，按执红牙拍，歌‘杨柳岸晓风残月。’学士词，须关西大汉，执铁绰板，唱‘大江东去’。公为之绝倒。”

这是非常隽妙的话。“杨柳岸晓风残月”，恰好表现花间派的精魂，虽然《花间集》里及得上这句的并不多。至于以“大江东去”开首的这首《念奴娇》似的风格，是《花间集》

里绝对不会有的；因为那些词人还不曾发见这新境界，这新境界直待苏轼才开辟。在前只有一个李煜，他的"自是人生长恨水长东"、"独自莫凭阑，无限江山"等语，差不多暗示人家词还可有这样个境界，但是影响很微。到苏轼，大家方才认识这新境界，而且灼知他与前不同之点；所以这善歌的幕士能够说出这样简要传神的批评。

苏轼开创了新境界，到辛弃疾——字幼安，号稼轩，济南历城人，生于宋高宗绍兴十年（1140），死于宁宗开禧三年（1207），事迹可看《宋史》卷四零一——这一派才发展到最高的顶峰。弃疾的"无意不可入，无事不可言"，比较苏轼还厉害，他差不多把整个的自己都织入词里。他有的是豪壮的热情，高旷的胸怀，加以丰饶多态的人生遭历，所以写出词来，竟使我们不容易选取一两个形容词来称说他的风格。我们读别人的东西，不论题材是什么，总喜欢那些掬示肺肝的话，搔着痒处的话，自然入妙的话；而弃疾的词就是说的那些话，他的风格如何也就约略可想了。但假如没有苏轼在前的开创，他的产品是否就是流传到现在的这些词，这很难说。从文艺进展的观点看，他是继承苏轼的使命而且完成他的。因为是完成，所以他有与苏轼同样的创造之功；因为是完成，所以他比苏轼更沉着，更当行，更美备。

《四库提要》说：

词自晚唐五代以来，以清切婉丽为宗……至轼而又一变，如诗家之有韩愈，遂开南宋辛弃疾等一派。寻流溯源，不能不谓之别格。然谓之不工则不可。

又说：

弃疾……词慷慨纵横，有不可一世之概，于倚声家为变调；而异军突起，能于剪红刻翠之外，屹然别立一宗，迄今不废。

这里关于苏辛在词的历史上的位置，及对于他们的风格的认识，都说得很是。但是透露了两个意义相类的名目——"别格"，"变调"——言外若有微辞，就不免失却评衡家无所容心的鉴赏的态度。我们对于作者应容许他有极端的自由；凭他的创造力，开辟新意境，采集新材料，只要他的东西是成功的，我们同样赞颂他。我们固然不说新生的是"常格"是"正调"，可以抹杀旧来的；但也不说旧来的因为发生在先，故是"常格"是"正调"，而新生的与此不同，便是"别格"是"变调"。"清切婉丽"为什么是正？"慷慨纵横"为什么是变？这些当别正变的议论，是拘泥偏狭的评衡家造了出来，因以减损自己的鉴赏力的，犹如蚕儿吐丝作茧，却裹住了自己的身体。要能充分地鉴赏文艺，就得丢开这些无益的观念。这样，才能真切地吟味苏辛的词，同样也能真切地吟味花间派的词。

自来对于苏辛词的批评，赞美的居多，但像《提要》一样说他们非正格的也尽有。除了这一点，还有人嫌他们的词不协音律。其实词就是诗，犹之在先的乐府也就是诗一样，只多了一重音乐的关系。乐府的声律失传了，但还有人用乐府体作诗，而一般人也承认。那末词为什么不能脱离音乐的关系，由人用词体去作诗呢？用词体作诗，似乎是从自由趋向拘束，其实不然。词调各不相同，各调的结构上显有不同的情味；作者欲有所抒写，其时他有极端的自由，去选择一个最适宜安排这些材料的调子。选的得当，调子与材料融和，会得到平常诗体不能有的结果。这一点好处，已经抵得过脱离音乐的关系了。那些拘拘于协律不协律的，他们的观点是音乐方面重于文艺方面的，固然也不能说他们不该有这样的责备。但我们现在看，凡所有的词都只是不能唱的词体的诗，自然只有注重在文艺方面了。以上是说就是不协律也无碍为好的文艺。何况在当时苏辛并非不懂音律的。陆游据晁以道说与东坡汴上别，东坡自歌古阳关，为东坡非不能歌之证，因说他"但豪放不喜裁剪以就声律耳"。这话说的很好。文艺家可以在旧有的限制里抒写他的感兴；可是不管旧有的限制，径自抒写，也是他的自由。譬如最近流行的新体诗，打破了旧有的诗的形式，我们如其不存成见，决不致看也不曾看就说他不合。所以苏辛词或有不协律处，乃是他们只是作诗那样地作去，"不喜裁剪以就声律"，这样的自由，我们也该承认他们有。

还有讥议辛弃疾的，说他喜欢"掉书袋"。他的词里用成语用故事真不少，可说触处皆是。但用语用事也不能一概而论。有人以为只要能用就是好，当然不对；只要能用，那末堆砌是最高的文艺手腕了。又有人以为用的教人不觉得就是好，也殊未必；教人不觉得，与不用有什么两样？我们以为，作者于成语故事烂熟胸中，当写作时并不特意要用，只是写自己的话一样写下去，这样，往往用得自然、隽妙，是非常好的。如辛弃疾旅兴（《霜天晓角》）的下半阕：

> 宦游吾倦矣，玉人留我醉，明日落花寒食，得且住为佳耳。

"寒食近，且住为佳耳"，是现成的，末句就用着他；但浑成而活泼，没有黏连的痕迹，却有不尽的余味：这样的用语谁也不能不赞美。又，成语或故事里含有特殊的意义或情味，只要一提及，就唤起人家关于这成语或故事的整个的意象，这样，用了少数的字句，表达出丰富的情意，比较自铸新语来说强的多，也是很好的。如辛弃疾《瓢泉》（《水龙吟》）上半阕中说：

> 人不堪忧，一瓢自乐，贤哉回也！料当年曾问：饭蔬食饮水，何为是栖栖者？

是读过《论语》的，读到这里，定会把孔子自道、孔子论颜渊、微生亩论孔子的几节完全回味一过，因而尝到的滋味便溢出了写在纸面的字句之外：这样的用事谁也不能不首肯。辛弃疾的"掉书袋"，属这一方面的居大多数，那末"掉书袋"到底是他的毛病么？

苏轼词有毛氏汲古阁本，王氏四印斋本，朱氏强村丛书本。王氏本是据元延祐云间本重刊的。朱氏取两本互勘，重为编年，分为三卷，无可考不编年的入第三卷：这是最完备的本子。王氏本是据元大德本重刊的。朱氏强村丛书未刻辛集，单刻"补遗"一卷，这是辛启泰从永乐大典里辑出的。因王氏本较精善，这个选本就依据他。他本与所据本不同的，都记入附注，以资参证。

文艺作品最难得通体完整的。诗词因有体式韵律的关系，要求完整尤其难。就是大家，在多量的作品里，也总有许多是犯强凑的松懈的毛病的。但大家仍不害为大家，他们那些完全无懈可击的篇章，永远是人间的宝物。这一个选本约得苏辛词六分之一。编者很自谨慎，希望选在里头的都是通体完整的；但识力短浅，怕未能如愿做到。

1926 年 10 月 8 日作

目　录

苏轼词

辛弃疾词

苏轼词

昭君怨
金山送柳子玉

谁作桓伊三弄①？惊破绿窗②幽梦。新月与愁烟，满江天。

欲去又还不去，明日落花飞絮。飞絮送行舟，水东流③。

----

①晋桓伊善吹笛。王子猷泊舟清溪侧，伊于岸上过，初不相识，闻人言是伊，便令人谓曰："闻君善吹笛，试为我一奏。"伊时已贵显，素闻王名，即下车踞胡床，为作三调。即上车去，主客不交一言。名曲《梅花三弄》即据《桓伊三弄》改编而成。
②绿窗：绿色纱窗，多指女子居室。　③水东流：化用李煜《虞美人》"问君能有几多愁，恰似一江春水向东流"之句。

醉落魄
离京口作

轻云微月，二更酒醒船初发。孤城①回望苍烟合。记得歌时②，不记归时节。

巾偏扇坠藤床滑，觉来幽梦无人说。此生飘荡何时歇？

家在西南③，长作东南别④。

----

①孤城：指京口，即今江苏镇江。　②毛本作"公子佳人"。　③家在西南：苏公家在蜀之眉山，位于西南。
④东南别：作者宦游江南，故云。

蝶恋花
京口①得乡书②

雨后③春容清更丽，只有离人，幽恨终难洗。北固山前三面水，碧琼梳④拥青螺髻⑤。

一纸乡书来万里。问我何年，真个成归计。回首送春拚一醉⑥，东风吹破千行泪。

----

①京口：即今江苏镇江。　②毛本题作"送春"。
③后：毛本作"过"。　④碧琼梳：形容长江。　⑤青螺髻：形容北固山。　⑥回：毛本作"白"。

江城子
湖上与张先①同赋

凤凰山下雨初晴②，水风清，晚霞明。一朵芙蕖③，开过尚盈盈④。何处飞来双白鹭，如有意，慕娉婷⑤。

忽闻江上弄哀筝，苦含情，遣⑥谁听？烟敛云收，依约是湘灵⑦。欲待曲终寻问取，人不见，数峰青。

----

①张先：字子野，北宋词人，有《子野词》。苏轼作此词时，张先已八十多岁。　②凤凰山：山名，在杭州之南。③芙蕖（qú）：荷花。　④盈盈：这里指荷花美好的样子。⑤娉（pīng）婷：形容女子姿态优美。　⑥遣：使，教。⑦湘灵：指娥皇、女英。传说她们是舜帝的两个妃子，自沉于湘水，化为湘水之神。这里比喻弹筝女子。

虞美人

有美堂赠述古①

湖山信是东南美，一望弥②千里。使君③能得几回来，便使尊前醉倒更④徘徊。

沙河塘⑤里灯初上，水调谁家唱？夜阑⑥风静欲归时，惟有一江明月碧琉璃。

----

①有美堂：嘉祐二年（1057），学士梅挚任杭州太守。临行时宋宗仁赐诗，开头为"地有吴山美，东南第一州"。梅挚到任后，筑堂于杭州城内吴山上，取名"有美"。　②弥：毛本作"须"。　③使君：指陈襄。使君：古时太守的别称。④更：毛本作"且"。　⑤沙河塘：在杭州城南，通钱塘江，宋代时为杭州繁胜处。　⑥夜阑：深夜。阑：尽，晚。

南乡子

梅花词和杨元素

寒雀满疏篱，争抱寒柯看玉蕤[①]。忽见客来花下坐，惊飞，踢散芳英落酒卮[②]。

痛饮又能诗，坐客无毡[③]醉不知。花谢[④]酒阑春到也，离离[⑤]，一点微酸已着枝。

----

①玉蕤（ruí）：玉，指梅花色白如玉。蕤：花下垂的样子，指花枝繁茂。　　②卮：酒杯。　　③无毡：没有毡席，比喻简陋。《晋书·吴隐之传》："以竹篷为屏风，坐无毡席。"
④谢：毛本作"尽"。　　⑤离离：繁盛貌。

醉落魄

苏州阊门[①]留别

苍颜华发，故山归计何时决？旧交新贵音书绝，惟有佳人，犹作殷勤别。

离亭欲去歌声咽，潇潇细雨凉吹颊。泪珠不用罗巾裛[②]，弹在罗衫[③]，图得见时说。

----

①阊（chāng）门：苏州城门之一。阊：神话中的天门。

②裛（yì）：通"浥"，沾湿。陶渊明《饮酒》："秋菊有佳

色，裛露掇其英。"　　③衫：毛本作"衣"。

采　桑　子

润州多景楼与孙巨源相遇

润州甘露寺多景楼，天下之殊景也。甲寅仲冬，余同孙巨源王正仲参会于此。有胡琴者，姿色尤好。三公皆一时英秀，景之秀，妓之妙，真为希遇。饮阑，巨源请于余曰："残霞晚照，非奇才不尽。"余作此词。

多情多感仍多病，多景楼①中。尊酒相逢，乐事回头一笑空。

停杯且听琵琶语，细撚轻拢②。醉脸春融③，斜照江天一抹红。

----

①多景楼：在今江苏镇江北固山甘露寺内。　　②细撚(niǎn)轻拢：琵琶弹奏技法。白居易《琵琶行》："轻拢慢撚抹复挑，初为霓裳后六幺。"　　③醉脸春融：形容酒后面容红润，融融如春。

醉　落　魄

席上呈杨元素

分携①如昨，人生到处萍飘泊②。偶然相聚还离索③，多病多愁，须信从来错。

尊前一笑休辞却，天涯同是伤沦落。故山犹负平生约，西望峨嵋，长羡归飞鹤④。

----

①分携：分别与携手，即离别与相聚。　　②萍飘泊：如同萍一样飘泊无依。萍无根，随水流而漂，故以形容不安的生活与不定的人生。　　③离索：离群独居。　　④归飞鹤：喻回归故乡之人。《搜神后记》载：丁令威学道于灵虚山，道成化鹤归故乡。

沁园春

赴密州早行，马上寄子由①。

孤馆灯青②，野店鸡号，旅枕梦残。渐月华收练③，晨霜耿耿④，云山摛锦⑤，朝露团团⑥。世路无穷，劳生有限，似此区区长鲜欢。微吟罢，凭征鞍无语，往事千端。

当时共客长安，似"二陆"⑦初来俱少年。有笔头千字，胸中万卷，致君尧舜，此事何难。用舍由时，行藏⑧在我，袖手何妨闲处看。身长健，但优游卒岁，且斗尊前。

----

①毛本无题子由，东坡弟辙。　　②孤馆：坐落于荒僻之处的旅舍。灯青：犹青灯，指油灯，其灯光青莹，故名。③练：白色的绢，此处形容月光。　　④耿耿：天将明。⑤摛（chī）锦：摛：传播，散布。锦：指云山的景色。

⑥团团：毛本作"汋汋"。形容露水多。　⑦二陆：指晋代陆机、陆云兄弟。　⑧行藏：指出仕和隐居。"用之则行，舍之则藏，惟我与尔有是夫。"孔子谓颜渊语，见《论语·述而》篇。

蝶恋花
密州上元

灯火钱塘三五夜①。明月如霜，照见人如画。帐底吹笙香吐麝，更无一点尘随马②。

寂寞山城人老也。击鼓吹箫，却③入农桑社。火冷灯稀霜露下，昏昏雪意云垂野。

----

①三五夜：正月十五元宵节之夜。　②"更无"句，一作"此般风味应无价"。　③却：一本作"乍"。

江城子
乙卯正月二十日夜记梦①

十年生死两茫茫，不思量，自难忘。千里孤坟，无处话凄凉。纵使相逢应不识，尘满面，鬓如霜。

夜来幽梦忽还乡，小轩窗，正梳妆，相顾无言，惟有泪千行。料得年年肠断处，明月夜，短松冈②。

----

①毛本无题。盖悼亡之作，作此时距夫人王氏之死十年。

②短松冈：种植有低矮松树的小山岗。词中指苏轼妻子王弗的墓地。

望江南

超然台作①

春未老，风细柳斜斜。试上超然台上看，半壕春水一城花，烟雨暗千家。

寒食②后，酒醒却咨嗟。休对故人思故国，且将新火③试新茶，诗酒趁年华。

----

①超然台：作者贬谪黄州时修葺而由弟子由命名的台。
②寒食：即寒食节，在清明前一天，是日禁火。　　③新火：唐宋时清明日朝延赐百官新火。

水调歌头

丙辰中秋，欢饮达旦，大醉，作此篇，兼怀子由。

明月几时有？把酒问青天。不知天上宫阙，今夕是何年。我欲乘风归去，惟①恐琼楼玉宇，高处不胜寒②。起舞弄清影，何似在人间。

转朱阁，低绮户，照无眠。不应有恨，何事③长向别时圆！人有悲欢离合，月有阴晴圆缺，此事古难全，但愿人长久，千里共婵娟④。

----

①惟：毛本作"又"。　　②高处不胜寒：高处，指月官。

不胜寒，特别寒冷，使人难以忍受。《明皇杂录》："八月十五日夜，叶静能邀上月宫。将行，请上衣裘而往。及至月宫，寒凛特异，上不能禁。"　③何事：为什么。　④婵娟：指明月。

蝶恋花
暮春别李公择①

簌簌无风花自堕②，寂寞园林，柳老③樱桃过。落日有④情还照坐，山青一点横云破⑤。

路尽河回人转柁⑥，系缆渔村，月暗孤灯火。凭仗飞魂招楚些⑦，我思君处君思我。

----

①元本阙题。　②堕：毛本作"鞞"。　③柳老：春柳嫩枝已变得枯萎。　④有：毛本作"多"。　⑤横云破：形容低云为山峰阻断。　⑥人：毛本作"千"。转柁：即转舵。⑦《楚辞·招魂》句尾，皆用些字为语助。

浣 溪 沙

徐门石潭谢雨道上作五首。潭在城东二十里，常与泗水增减，清浊相应。①

照日深红②暖见鱼，连村③绿暗晚藏乌。黄童白叟聚睢盱④。麋鹿逢人虽未惯，猿猱闻鼓不须呼。归来⑤说与采桑姑。

----

①毛本题无"潭在"下十七字。　②深红：日光照入清

澈的潭水中形成的颜色。　　③村：毛本作"溪"。　　④睢盱
（suīxū）：质朴而喜悦之貌。　　⑤来：毛本作"家"。

又

旋抹红妆看使君①，三三五五棘篱门②。相排③踏破茜罗裙。
老幼扶携收麦社④，乌鸢翔舞赛神村。道逢醉叟卧黄昏。

----

①使君：谓太守。作者自称。　　②棘离门：犹云柴门。
③排：毛本作"挨"。茜：红色。　　④麦社：指农家祈雨谢神
的社祭社火。

又

麻叶层层苘叶光①，谁家煮茧一村香？隔篱娇语络丝娘②。
垂白③杖藜抬醉眼，捋青捣麨软饥肠④。问言豆叶几时黄？

----

①苘（qǐng）：苘麻，一名白麻。　　②络丝娘：即莎鸡。
亦名梭鸡。　　③垂白：指老人。　　④捋：元本作"扶"。捋
青：捋下尚未完全成熟的麦穗。捣麨（chǎo）：把麦粒捣碎，制
成干粮。软：犹饱。

又

簌簌①衣巾落枣花，村南村北响缲车②。牛衣③古柳卖黄瓜。
酒困路长惟欲睡，日高人渴漫思茶。敲门试问野人家。

----

①簌簌：风吹树叶之声。　　②缲（sāo）车：缲丝之车。

缫：抽茧出丝。　　③牛衣：乱麻所编之衣。

又

软草平莎过雨新，轻沙走马路无尘。何时收拾耦耕①身？
日暖桑麻光似泼，风来蒿艾②气如薰。使君元是此中人。

------

①耦耕：谓农耕。　　②蒿艾：青蒿，艾叶。

永遇乐

彭城夜宿燕子楼①，梦盼盼，因作此词。

明月如霜，好风如水，清景无限。曲港跳鱼，圆荷泻
露②，寂寞无人见。紞③如三鼓，铿然一叶，黯黯梦云惊断④。
夜茫茫，重寻无处，觉来小园行遍。

天涯倦客，山中归路，望断故园心眼。燕子楼空，佳人
何在？空锁楼中燕。古今如梦，何曾梦觉，但有旧欢新怨。
异时对，黄楼⑤夜景，为余浩叹。

------

①燕子楼：徐州张氏旧宅有小楼名为燕子，色艺俱佳的女
子关盼盼念旧不嫁，居于此楼。关盼盼，唐时妓女，善歌舞，
雅多风态。张尚书纳之。尚书没，独居彭城燕子楼，历十五年
不嫁。白居易赠诗讽其死。盼盼泣曰："妾非不能死，恐我公有
从死之妾，玷清范耳。"乃和白诗，旬日不食而死。　　②泻
露：滴着水珠。　　③紞（dǎn）：击鼓声。　　④梦云惊断：
谓梦醒。　　⑤东坡守彭城时，作楼于东门之上，曰"黄楼"。

南歌子

湖州作

山雨萧萧过①，溪风浏浏清②。小园幽榭枕蘋汀③。门外月华如水，彩舟横。

苕④岸霜花尽，江潮⑤雪阵平。两山遥指海门青⑥。回首水云何处，觅孤城？

---

①萧萧：毛本作"潇潇"。　②风：毛本作"桥"。浏浏：溪水清亮。　③汀：水边平地。　④苕：毛本作"岩"。苕水亦称苕溪。　⑤潮：一本作"湖"。　⑥海门：指钱塘江海门，以两山对起形如门而得名。

西江月

黄州中秋

世事一场大梦，人生几度新①凉。夜来风叶已鸣廊。看取眉头鬓上。

酒贱常愁客少，月明多被云妨。中秋谁与共孤光？把盏②凄然北望。

---

①新：毛本作"秋"。　②盏：一本作"酒"。

江城子

陶渊明以正月五日游斜川，临流班坐，顾瞻南阜，爱曾城之独秀，乃作斜川诗①，至今使人想见其处。元丰壬戌之春，余躬耕于东坡，筑雪堂居之。南挹四望亭之后丘，西控北山之微泉。慨然而叹，此亦斜川之游也。乃作长短句，以江城子歌之。

梦中了了醉中醒，只渊明，是前生。走遍人间，依旧却躬耕。昨夜东坡春雨足，乌鹊喜，报新晴。

雪堂西畔暗泉鸣，北山倾，小溪横。南望亭丘，孤秀耸曾城②。都是斜川当日境，吾老矣，寄余龄③。

----

①陶渊明游斜川诗序曰："辛丑正月五日，天气澄和，风物闲美，与二三邻曲同游斜川。临长流，望曾城。鲂鲤跃鳞于将夕，水鸥乘和以翻飞。彼南阜者，名实旧矣，不复乃为嗟叹。若夫曾城，傍无依接，独秀中皋，遥想灵山，有爱嘉名，欣对不足，率尔赋诗。悲日月之遂往，悼吾年之不留，各疏年纪乡里，以记其时日。"诗曰："开岁倏五日，吾生行归休。念之动中怀，及辰为兹游。气和天惟澄，班坐依远流。弱湍驰文鲂，闲谷矫鸣鸥。迥泽散游目，缅然睇曾丘。虽微九重秀，顾瞻无匹俦。提壶接宾侣，引满更献酬。未知从今去，当复如此不。中觞纵遥情，忘彼千载忧。且极今朝乐，明日非所求。"
②曾城：又作层城，原指昆仑山最高级，此指斜川落星寺。
③余龄：余生。

定风波

三月七日沙湖道中遇雨。雨具先去，同行皆狼狈，余独不觉。已而遂晴。故作此。

莫听穿林打叶声，何妨吟啸且徐行？竹杖芒鞋①轻胜马，谁怕？一蓑烟雨任平生。

料峭春风吹酒醒，微冷，山头斜照却相迎。回首向来萧瑟②处，归去，也无风雨也无晴。

----

①芒鞋：草鞋。　　②萧瑟：毛本作"潇洒"。

浣溪沙

游蕲水清泉寺①，寺临兰溪，溪水西流。

山下兰芽短浸溪②，松间沙路净无泥。萧萧暮雨子规③啼。

谁道人生无再少，门前流水尚能西。休将白发唱黄鸡④。

----

①清泉寺：在黄州蕲水郭门外二里处。　　②浸溪：长在溪水里。　　③子规：即杜鹃鸟。　　④白居易《醉歌》有云："谁道使君不解歌，听唱黄鸡与白日。黄鸡催晓丑时鸣，白日催年酉时没。"

西 江 月

顷在黄州，春夜行蕲水中，过酒家饮。酒醉，乘月至一溪桥上，解鞍曲肱，醉卧少休。及觉，已晓，乱山攒拥，流水锵然，疑非尘世也。书此语桥柱上①。

照野弥弥浅浪，横空隐隐层霄[2]。障泥未解玉骢骄，我欲醉眠芳草。

可惜一溪风[3]月，莫教踏碎琼瑶。解鞍欹枕绿杨桥，杜宇一声春晓[4]。

----

①毛本题无"顷在"等十字。攒拥：作"葱茏"。疑非尘世：作"不谓人世"。语：作"词"。　②弥弥：水深满貌。隐隐：毛本作"暧暧"。层：毛本作"微"。　③风：毛本作"明"。　④一声：毛本作"数声"。杜宇：杜鹃鸟。

哨　遍

陶渊明赋《归去来》[1]，有其词而无其声。余既治东坡，筑雪堂于上，人俱笑其陋。独鄱阳董毅夫过而悦之，有卜邻之意。乃取《归去来辞》稍加檃括，使就声律，以遗毅夫，使家童歌之。时相从于东坡，释耒而和之，扣牛角而为之节，不亦乐乎？

为米折腰[2]，因酒弃家，口体交相累。归去来！谁不遣君归？觉从前皆非今是。露未晞[3]，征夫指予归路。门前笑语喧童稚。嗟旧菊都荒[4]，新松暗老[5]，吾年今已如此！但小窗容膝，闭柴扉，策杖[6]看孤云暮鸿飞。云出无心，鸟倦知还，本非有意。

噫！归去来兮！我今忘我兼忘世。亲戚无浪语[7]，琴书中有真味。步翠麓崎岖，泛溪窈窕，涓涓暗谷流春水。观草木欣荣，幽人自感，吾生行且休矣。念寓形宇内⑧复几时？不自觉皇皇欲何之。委吾心，去留谁计？神仙知在何处？富贵非吾志⑨，但知临水登山啸咏⑩，自引壶觞自醉。此生天命更何疑？且乘流，遇坎还止⑪。

----

①兹录《归去来兮辞》，以资并玩。"归去来兮！田园将芜，胡不归？既自以心为形役，奚惆怅而独悲？悟已往之不谏，知来者之可追，实迷途其未远，觉今是而昨非。舟遥遥以轻飏，风飘飘而吹衣，问征夫以前路，恨晨光之熹微。乃瞻衡宇，载欣载奔。童仆欢迎，稚子候门。三径就荒，松菊犹存。携幼入室，有酒盈樽。引壶觞以自酌，眄庭柯以怡颜，倚南窗以寄傲，审容膝之易安。园日涉以成趣，门虽设而常关。策扶老以流憩，时矫首而遐观。云无心而出岫，鸟倦飞而知还。景翳翳以将入，抚孤松而盘桓。归去来兮！请息交兮绝游。世与我而相违，复驾言兮焉求。悦亲戚之情话，乐琴书以消忧。农人告余以春及，将有事于西畴。或命巾车，或棹孤舟，既窈窕以寻壑，亦崎岖而经丘。木欣欣以向荣，泉涓涓而始流。善万物之得时，感吾生之行休。已矣乎！寓形宇内复几时，曷不委心任去留？胡为乎遑遑兮欲何之？富贵非吾愿，帝乡不可期。怀良辰以孤往，或植杖而耘耔，登东皋以舒啸，临清流而赋诗。聊乘化以归尽，乐夫天命复奚疑？"檃（yǐn）括：（就原有的文章）剪裁、改写。　②为米折腰：为了一点俸禄而委屈当官。陶渊明有言："不为五斗米折腰。"　③晞：干。　④荒：衰败。⑤暗老：不知不觉中衰老。　⑥策杖：拄着拐杖。　⑦浪语：

浮华之词。　　⑧寓形宇内：指人生如寄寓于世。　　⑨志：毛本作"愿"。　　⑩啸咏：歌啸吟咏。　　⑪坎：险也。

洞　仙　歌

余七岁时，见眉山老尼，姓朱，忘其名，年九十岁，自言尝随其师入蜀主孟昶①宫中。一日大热，蜀主与花蕊夫人②夜纳凉摩诃池上，作一词，朱具能记之。今四十年，朱已死久矣。人无知此词者，但③记其首两句。暇日寻味，岂《洞仙歌令》乎，乃为足之云。

冰肌玉骨④，自清凉无汗。水殿风来暗香满。绣帘开，一点明月窥人；人未寝，欹枕钗横鬓乱。

起来携素手，庭户无声，时见疏星渡河汉。试问夜如何？夜已三更，金波淡，玉绳低转⑤。但屈指、西风几时来，又不道、流年暗中偷换。

----

①孟昶：字保元，五代十国时后蜀皇帝，工声曲。
②花蕊夫人：孟昶的妃子。　　③但：一本作"独"。　　④冰肌玉骨：形容女子美洁的体肤。孟昶《避暑摩诃池上作》："冰肌玉骨清无汗，水殿风来暗香暖。"　　⑤金波：月光。玉绳：星名。玉衡北两星为玉绳星。玉绳低转，即夜已深。

念奴娇
赤壁怀古①

　　大江东去，浪淘尽、千古风流人物。故垒西边，人道是、三国周郎赤壁②。乱石穿空，惊涛拍岸，卷起千堆雪。江山如画，一时多少豪杰。

　　遥想公瑾当年③，小乔初嫁了④，雄姿英发。羽扇纶巾，谈笑间⑤，樯橹灰飞烟灭。故国神游⑥，多情应笑我，早生华发。人间如梦，一尊还酹江月⑦。

----

　　①赤壁：在今湖北赤壁市东北江滨。周瑜刘备大破曹操军于此。而黄冈城外亦有赤壁，东坡游其地，误以为周郎赤壁也。②周郎：周瑜也。孙策授瑜建威中郎将，时年二十四，吴中皆呼为周郎。　　③公瑾：周瑜字。　　④小乔：周瑜妻也。乔：一作"桥"，盖汉太尉桥玄之女也。　　⑤纶（guān）巾：青丝绶为巾也。此言其神态从容旷雅也。　　⑥神游：指凭吊古迹，遥想往事。　　⑦酹（lèi）：把酒洒在地上，表示祭奠、立誓或抒发感情。陆游《石首县雨中系舟戏作短歌》："开窗酹汝一杯酒，等为亡国秦更丑。"

又
中秋

　　凭高眺远，见长空万里，云无留迹。桂魄①飞来光射处，冷浸一天秋碧。玉宇琼楼，乘鸾来去，人在清凉国。江山如画，望中烟树历历。

我醉拍手狂歌，举杯邀月，对影成三客②。起舞徘徊风露下，今夕不知何夕③。便欲乘风，翻然归去，何用骑鹏翼④。水晶宫里⑤，一声吹断横笛。

①桂魄：月也。 ②"举杯"句：李白《月下独酌》诗云："花间一壶酒，独酌无相亲。举杯邀明月，对影成三人。" ③今夕：典出《诗经·唐风·绸缪》："绸缪束薪，三星在天。今夕何夕，见此良人"。 ④鹏翼：指《庄子·逍遥游》中之鹏。 ⑤水晶宫：神话传说中的水府仙境。

临 江 仙①

夜饮东坡醒复醉，归来仿佛三更。家童鼻息已雷鸣。敲门都不应，倚杖听江声。

长恨此身非我有②，何时忘却营营③？夜阑风静縠纹平④。小舟从此逝，江海寄余生。

①一本题作《夜归临皋》。 ②此身非我有：谓天地委形于人。《庄子·知北游》："舜曰：'吾身非吾有也，孰有之哉？'曰：'是天地之委形也；生非汝有，是天地之委和也。'" ③营营：指人一生忙忙碌碌奔走经营。 ④縠（hú）纹平：风平浪静，水纹如縠。縠：绉纱一类的丝织品。

卜算子

黄州定慧院寓居作①

缺月挂疏桐，漏断②人初静。谁见幽人独往来？缥缈③孤鸿影。

惊起却回头，有恨无人省。拣尽寒枝不肯栖，寂寞沙洲冷。

----

①毛本题作："惠州有温都监女，颇有色，年十六，不肯嫁人。闻坡至，甚喜。每夜闻坡讽咏，则徘徊窗下。坡觉而推窗，则其女逾墙而去。坡从而物色之曰：'吾当呼王郎与之子为姻。'未岁而坡过海，女遂卒，葬于沙滩侧。坡回惠，为赋此词。"定慧院：在黄冈东南。　　②漏断：指夜深。漏：古代滴水计时工具。　　③缥缈：隐隐约约若有若无貌。

鹧 鸪 天①

林断山明竹隐墙，乱蝉衰草小池塘。翻空白鸟时时见，照水红蕖②细细香。

村舍外，古城旁，杖藜徐步转斜阳。殷勤昨夜三更雨，又得浮生一日凉。

----

①毛本题作《时谪黄州》。　　②红蕖（qú）：红色的荷花。蕖：芙蕖，荷花的别名。

虞　美　人①

波声拍枕长淮②晓，隙月窥人小。无情汴水③自东流，只载一船离恨，向西州④。

竹溪花浦曾同醉，酒味多于泪。谁教风鉴⑤在尘埃？酝造一场烦恼，送人来。

----

①毛本题作《东坡与秦少游维扬饮别作此词》。　②长淮：即淮水，源出河南桐柏山，东流经安徽入洪泽湖。
③汴水：又称汴河，其故道有两条，一为今已淤塞之古汴河故道，一为隋以后汴河故道。　④西州：扬州廨，俗称西州。
⑤风鉴：以风貌品人。

行香子
与泗守南山晚归作①

北望平川，野水荒湾，共寻春，飞步孱颜。和风弄袖，香雾萦鬓。正酒酣时②，人语笑，白云间。

飞鸿落照，相将归去，澹娟娟、玉宇清闲。何人无事，宴坐空山。望长桥上，灯火乱，使君还。

----

①元本无题。　②时：毛本作“适”。

浣溪沙

元丰七年十二月二十四日从泗州刘倩叔游南山

细雨斜风作小寒[①]，淡烟疏柳媚晴滩。入淮清洛渐漫漫。雪沫乳花浮午盏，蓼茸蒿笋试春盘[②]。人间有味是清欢。

----

①小：毛本作"晓"。　　②茸：毛本作"芽"。蓼、蒿：皆为春菜。

蝶恋花[①]

云水萦回溪上路。叠叠青山，环绕溪东注。月白沙汀翘宿鹭，更无一点尘来处。

溪叟相看私自语。底事[②]区区，苦要为官去？尊酒不空田百亩，归来分取[③]闲中趣。

----

①毛本题作《述怀》。　　②底事：何事。　　③取：毛本作"得"。

水龙吟

次韵章质夫杨花词

似花还似非花，也无人惜从教坠。抛家傍路[①]，思量却是，无情有思。萦损柔肠，困酣娇眼，欲开还闭。梦随风万里，寻郎去处，又还被、莺呼起。

不恨此花飞尽，恨西园，落红难缀。晓来雨过，遗踪何在？一池萍碎②。春色三分，二分尘土，一分流水。细看来，不是杨花，点点是离人泪。

----

①家：毛本作"街"。　　②萍碎：古传说，杨花入水为萍。

八声甘州

寄参寥子①

有情风，万里卷潮来，无情送潮归。问钱塘江上，西兴②浦口，几度斜晖。不用思量今古，俯仰③昔人非。谁似东坡老，白首忘机？

记取西湖西畔，正春④山好处，空翠烟霏。算诗人相得，如我与君稀。约他年，东还海道，愿谢公⑤，雅志莫相违。西州路⑥，不应回首，为我沾衣。

----

①参寥子：僧人道潜，号参寥子，於潜人，作者友人。
②西兴：西兴渡，在杭州萧山，又称西陵。　　③俯仰：形容时间流逝之快。　　④春：毛本作"暮"。　　⑤谢公：指晋代谢安，字安石。　　⑥西州路：谢安虽身为朝官，却不忘东归之志；但病后朝廷命其入西门，谢安深以难以东归为憾。

减字水兰花①

二月十五日夜与赵德麟小酌聚星堂

春庭月午，摇荡香醪②光欲舞。步转回廊，半落梅花婉婉③香。

轻烟④薄雾，总是少年行乐处。不似秋光，只与离人照断肠。

----

①毛本题作《春月》。东坡王夫人言春月可喜，秋月使人愁；喜其意新，因作此词。 ②摇荡香醪（láo）：指月光下花香如陈酿之酒香在飘溢。醪：带滓的米酒。 ③婉婉：本指女子容貌美好娴雅，这里指半落之梅花，如同淑女之温馨。④烟：毛本作"风"。

木兰花令

宿造口①闻夜雨，寄子由、才叔。

梧桐叶上三更雨②，惊破梦魂无觅处。夜凉枕簟③已知秋，更听寒蛩④促机杼。

梦中历历来时路，犹在江亭醉歌舞。尊前⑤必有问君人，为道别来心与绪。

----

①造口：又称皂口，在江西万安县西南六十里。 ②温

庭筠有《更漏子》词："梧桐树，三更雨，不道离情正苦。一叶叶，一声声，空阶滴到明。"后人遂将"梧桐雨"比为离情之苦。　　③簟（diàn）：竹席。　　④寒蛩：蟋蟀。　　⑤尊前：指酒宴之时。

满 庭 芳①

蜗角②虚名，蝇头微利，算来着甚干忙③。事皆前定④，谁弱又谁强？且趁闲身未老，须放我，些子疏狂。百年里，浑教是醉，三万六千场。

思量。能几许，忧愁风雨，一半相妨。又何须，抵死说短论长？幸对清风皓月，苔茵展⑤，云幕高张。江南好，千钟美酒，一曲《满庭芳》。

---

①毛本题作《或注警悟》。　　②蜗角：为图虚名而争战。典出《庄子·则阳》："有国于蜗之左角者，曰触氏；有国之于蜗之右角者，曰蛮氏。时相与争地而战，伏尸数万，逐北，旬有五日而后友。"　　③干忙：白忙乎。　　④前定：佛教轮回说，认为今生命运乃前生注定。　　⑤苔茵：草地。

一丛花

初春病起①

今年春浅②腊侵年③，冰雪破春妍。东风有信无人见，露微意、柳际花边。寒夜纵长，孤衾易暖，钟鼓④渐清圆。

朝来初日半衔山，楼阁淡疏烟。游人便作寻芳计，小桃杏、应已争先。衰病少惊⑤，疏慵自放⑥，惟爱日高眠。

----

①一本无标题。　　②春浅：指春天来得早。　　③腊侵年：指立春之日在上年的腊月。　　④钟鼓：古时报时之器。
⑤惊（cóng）：毛本作"情"，心情。此处特指喜悦的心情。
⑥疏慵自放：散慢慵懒，放任自己。

无愁可解

国工花日新作越调《解愁》。洛阳刘几伯寿闻而悦之，戏作俚语之词。天下传咏，以为几于达者。龙丘子犹笑之。此虽免乎愁，犹有所解也。若夫游于自然而托于不得已，人乐亦乐，人愁亦愁，彼且恶乎解哉？乃反其词，作《无愁可解》云。①

光景百年，看便一世。生来不识愁味。问愁何处来，更开解个甚底？万事从来风过耳，何用不着心里②？你唤做展却眉头便是达者③，也则恐未。

此理。本不通言，何曾道欢游胜如名利？道即浑是错④，不道如何即是？这里元无我与你，甚唤做物情之外？若须待醉了方开解时，问无酒怎生醉？

----

①毛本题小有讹异。　　②用不着以"不着心里"这样的话来劝导。何用：怎么用　着：放置在　　③毛本无头字。

④即：毛本作"则"。

贺　新　郎[①]

乳燕飞华屋，悄无人，槐[②]阴转午，晚凉新浴。手弄生绡[③]白团扇，扇手一时似玉。渐困倚，孤眠清熟。帘外谁来推绣户，枉教人、梦断瑶台曲[④]。又却是，风敲竹。

石榴半吐红巾蹙[⑤]，待浮花、浪蕊都尽，伴君幽独。秾艳[⑥]一枝细看取，芳心千重似束。又恐被、秋风惊绿。若待得君来向此，花前对酒不忍触。共粉泪，两簌簌。

----

①毛本题作："余倅杭日，府僚湖中高会，群妓毕集，惟秀兰不来，营将督之再三乃来。仆问其故。答曰：'沐浴倦卧，忽有扣门声急，起询之，乃营将催督也，整妆趋命，不觉稍迟。'时府僚有属意于兰者，见其不来，恚恨不已，云必有私事。秀兰含泪力辩，而仆亦从旁冷语，阴为之解。府僚终不释然也。适榴花开盛，秀兰以一枝藉手献坐中。府僚愈怒，责其不恭。秀兰进退无据，但低首垂泪而已。仆乃作一曲名《贺新凉》，令秀兰歌以侑觞，声容妙绝。府僚大悦，剧饮而罢。"　②槐：一本作"桐"。
③生绡：没有漂煮的丝织品。　④瑶台曲：仙曲。　⑤蹙（cù）：紧迫、急促。　⑥秾艳：花木茂盛而鲜艳。

木兰花令①

高平②四面开雄垒，三月风光初觉媚。园中桃李使君家③，城上亭台游客醉。

歌翻《杨柳》④金尊沸，饮散凭阑无限意。云深不见玉关⑤遥，草细山重残照里。

----

①元本无。　②高平：宋时为泗洲，属临淮郡。③使君家：指泗洲太守孙奕家。　④典出白居易《杨柳枝词》："古歌旧曲君休听，听取新翻杨柳枝。"　⑤玉关：指玉门关。

浣 溪 沙①

桃李溪边驻画轮，鹧鸪②声里倒清尊。夕阳虽好近黄昏。香在衣裳妆在臂，水连芳草月连云。几时③归去不销魂？

----

①毛本题作《春情》。　②鹧鸪：鸟名。古代诗词中常用它的叫声寓留客之意。　③时：毛本作"人"。

又①

徐邈能中酒圣贤②，刘伶席地幕青天③。潘郎白璧为谁连④？

无可奈何新白发，不如归去旧青山。恨无人借买山钱。

----

①毛本题作《感旧》。　　②徐邈：三国魏人，字景山。初为尚书郎，时科禁酒，而邈私饮沉醉。赵达问以曹事。曰："中圣人。"曹操闻之怒。鲜于辅解之曰："醉客谓酒清者为圣人，浊者为贤人，邈性修慎，偶醉言耳。"　　③刘伶：字伯伦，沛国人，善饮酒。著《酒德颂》有云："行无辙迹，居无室庐，幕天席地，纵意所如。"　　④《世说新语》云："潘安仁夏侯湛并有美容，喜同行，时人谓之连璧。"

又①

山色横侵蘸晕霞，湘川②风静吐寒花。远林屋散尚啼鸦。
梦到故园多少路，酒醒南望隔天涯。月明千里照平沙。

----

①元本无。　　②湘川：此处泛指古荆州一带，即今湖南、湖北、川东一带。

蝶 恋 花①

花褪残红青杏小②。燕子飞时，绿水人家绕。枝上柳绵吹又少③，天涯何处无芳草？

墙里秋千墙外道。墙外行人，墙里佳人笑。笑渐不闻声渐悄，多情却被无情恼。

----

①毛本题作《春景》。 ②小：毛本作"子"。 ③柳绵：柳絮。

又①

春事阑珊②芳草歇。客里风光，又过清明节。小院黄昏人忆别，落红处处闻啼鴂③。

咫尺江山分楚越。目断魂消，应是音尘绝。梦破五更心欲折，角声吹落梅花月④。

------

①元本无。毛本题作《离别》。 ②阑珊：衰残，将尽。
③啼鴂（jué）：类似杜鹃的一种鸟，鸣声悲凄。 ④梅花：指"梅花落"，古曲名。

减字木兰花
送赵令①

春光亭下，流水如今何在也？岁月如梭②，白首相看拟奈何？

故人重见，世事年来千万变。官况阑珊，惭愧青松守岁寒。

------

①一本题作《送赵令晦之》。 ②岁：一本作"日"。

又①

莺初解语，最是一年春好处。微雨如酥，草色遥看近却无②。

　　休辞醉倒，花不看开人易老。莫待春回，颠倒红英间绿苔。

------

　　①元本无。　　②"最是"三句：借用韩愈诗句描写春色之美。韩愈《早春呈水部十八员外》："天街小雨润如酥，草色遥看近却无。最是一年春好处，绝胜烟柳满皇都。"

行　香　子①

　　清夜无尘，月色如银。酒斟时，须满十分。浮名浮利，虚②苦劳神。叹隙中驹③，石中火④，梦中身。

　　虽抱文章，开口谁亲。且陶陶⑤、乐尽天真。几时归去，作个闲人。对一张琴，一壶酒，一溪云。

------

　　①毛本题作《述怀》。　　②虚：毛本作"休"。　　③《史记》云："人生一世间，如白驹过隙。"喻时光飞逝，人生易老。　　④《新论》云："人之短生，犹如石火，炯然以过。"　　⑤陶陶：乐陶陶，无忧无虑，欢乐貌。

又①

　　昨②夜霜风先入梧桐。浑无处，回避衰容。问公何事，不语书空。但一回醉，一回病，一回慵。

　　朝来庭下，飞英如霰③，似无言、有意催侬④。都将万事，付与千钟。任酒花白，眼花乱，烛花红。

---

①毛本题作《秋兴》。　　②昨：毛本作"凉"。
③朝：毛本作"秋"。飞英如霰：毛本作"光阴如箭"。
④催：毛本作"伤"。侬：我。

虞 美 人①

深深庭院清明过，桃李初红破②。柳丝搭在玉阑干，帘外潇潇微雨做轻寒。

晚晴台榭增明媚，已拚花前醉。更阑人静月侵廊，独自行来行去好思量。

---

①元本无。　　②初红破：刚刚绽放花蕾。

又①

持杯遥劝天边月，愿月圆无缺。持杯更复劝花枝，且愿花枝长在莫离披②。

持杯月下花前醉，休问荣枯事③。此欢能有几人知，对酒逢花不饮待何时？

---

①元本无。　　②莫离披：不要凋落。　　③荣枯事：以自然界草木之繁盛与衰败喻人生的得意与失意。

阮 郎 归①

绿槐高柳咽新蝉②，薰风初入弦③。碧纱窗下水沉烟④，棋声惊昼眠。

微雨过，小荷翻，榴花开欲然。玉盆纤手弄清泉⑤，琼珠碎却圆⑥。

----

①一本题作《初夏》。　②咽新蝉：即新蝉咽，新蝉的叫声。　③薰风：指初夏的东南风。　④沉烟：沉香之烟。沉香：一种较名贵的香。　⑤弄清泉：谓洗手。　⑥琼珠：指水珠。

一 斛 珠

洛城春晚①，垂杨乱掩红楼半。小池轻浪纹如篆，烛下花前，曾醉离歌宴。

自惜风流云雨散②，关山有限情无限。待君重见寻芳伴，为说相思，目断西楼燕③。

----

①洛城：洛阳。　②云雨：指男女欢合。语出战国宋玉《高唐赋》序。　③西楼燕：谓寄希望于燕子捎书信。

辛弃疾词

贺 新 郎

邑中园亭，仆皆为赋此词。一日独坐停云，水声山色竞来相娱。意溪山欲援例者，遂作数语，庶几仿佛渊明"思亲友"之意云①。

甚矣吾衰矣②。怅平生交游零落，只今余几！白发空垂三千丈③，一笑人间万事。问何物能令公喜？我见青山多妩媚，料青山见我应如是。情与貌，略相似。

一尊搔首东窗里④。想渊明《停云》诗就，此时风味。江左沉酣求名者，岂识浊醪妙理⑤！回首叫云飞风起⑥。不恨古人吾不见⑦，恨古人不见吾狂耳。知我者，二三子⑧。

----

①渊明有《停云》诗，序曰："停云，思亲友也。樽湛新醪，园列初荣，愿言不从，叹息弥襟。"　　②甚矣：《论语·述而》："子曰：'甚矣吾衰也！久矣吾不复梦见周公。'"
③白发：李白《秋浦歌》："白发三千丈，缘愁似个长。"
④"一尊"句：陶渊明《停云》："有酒有酒，闲饮东窗。愿言怀人，舟车靡从。"　　⑤浊醪妙理：杜甫《晦日寻崔戢李

封》："浊醪有妙理，庶用慰沉浮。"醪（láo）：带滓的米酒。
⑥云飞风起：汉高祖刘邦《大风歌》："大风起兮云飞扬，威加
海内兮归故乡。"　　　⑦不恨：《南史·张融传》："融常叹曰：
'不恨我不见古人，所恨古人不见我。'"　　　⑧二三子：《论
语·述而》："子曰：'二三子以我为隐乎？吾无隐乎尔。吾无行
而不与二三子者，是丘也。'"

念奴娇
书东流村壁

　　野棠花落，又匆匆过了，清明时节。划地①东风欺客梦，
一夜云屏寒怯。曲岸持觞②，垂杨系马，此地曾轻别。楼空
人去③，旧游飞燕能说。

　　闻道绮陌东头④，行人曾见，帘底纤纤月⑤。旧恨春江流
不断⑥，新恨云山千叠。料得明朝，尊前重见⑦，镜里花难
折。也应惊问，近来多少华发⑧？

----

　　①划（chǎn）地：无缘无故的意思。划：无端。　　②曲
岸持觞：亦叫"曲水流觞"。《荆楚岁时记》："三月三日，四民
并出水渚，为流觞曲水之饮。"觞，酒杯。　　③"楼空"两
句：苏轼《永遇乐》词："燕子楼空，佳人何在，空锁楼中
燕。"　　④绮陌：繁华的都市。　　⑤纤纤月：比喻美女的美
貌。　　⑥"旧恨"两句：化用李煜《虞美人》："问君能有几
多愁，恰似一江春水向东流"之句，比喻旧恨多得无穷无尽。
⑦尊：同"樽"，酒杯。　　⑧华发：白发。

沁园春

带湖新居将成

三径初成，鹤怨猿惊，稼轩未来。甚云山自许，平生意气；衣冠人笑，抵死尘埃？意倦须还，身闲贵早，岂为莼羹鲈鲙哉①？秋江上，看惊弦雁避，骇浪船回。

东冈更葺茅斋，好都把轩窗临水开。要小舟行钓，先应种柳，疏篱护竹，莫碍观梅。秋菊堪餐，春兰可佩，留待先生手自栽。沉吟久，怕君恩未许，此意徘徊。

---

①莼羹鲈鲙：晋张翰，字季鹰，吴郡人，仕齐王冏为东曹掾。因秋风起，思吴中莼羹鲈鲙，遂命驾归。

又

再到期思卜筑

一水西来，千丈晴虹，十里翠屏。喜草堂经岁，重来杜老①，斜川好景，不负渊明②。老鹤高飞，一枝投宿③，长笑蜗牛戴屋行。平章了，待十分佳处，着个茅亭。

青山意气峥嵘，似为我归来妩媚生。解频教花鸟，前歌后舞，更催云水，暮送朝迎。酒圣诗豪，可能无势，我乃而今驾驭卿④。清溪上，被山灵却笑，白发归耕。

---

①杜甫在蜀，所居曰浣花草堂。　　②陶渊明有《游斜川》

诗。　　③一枝投宿：即技宿一枝。《庄子·逍遥游》："鹪鹩巢于深林，不过一枝；偃鼠饮河，不过满腹。"此句以鹪鹩自此。投：毛本作"移"。　　④桓温谓孟嘉曰："人不可无势。我乃能驾驭卿。"

又

将止酒，戒酒杯使勿近。

杯汝来前！老子今朝，点检形骸。甚长年抱渴[1]，咽如焦釜；于今喜眩[2]，气似奔雷。汝说[3]"刘伶，古今达者，醉后何妨死便埋[4]"？浑如此，叹汝于知己，真少恩哉。

更凭歌舞为媒，算合作人间鸩毒猜[5]。况怨[6]无小大，生于所爱；物无美恶，过则为灾。与汝成言："勿留亟退，吾力犹能肆[7]汝杯。"杯再拜，道"麾之即去，招亦须来[8]"。

------

①抱渴：《世说新语·任诞》："刘伶病酒，渴甚，从妇求饮。"　　②眩：毛本作"溢"，四卷本丙集作"睡"。
③汝：毛本作"漫"。　　④晋刘伶耽饮，出行，使人荷锸随之，曰："死便埋我。"　　⑤鸩毒：毒酒。传说鸩鸟之羽有剧毒，以之浸酒，饮之立死。　　⑥怨：毛本作"疾"。
⑦肆：指犯人被处死后陈列于朝市。《论语·宪问》："公伯寮诉子路于季孙，子服景伯以告，曰：'夫子固有惑志，于公伯寮，吾力犹能肆，诸市曹。'"　　⑧招亦：毛本作"有召"。

水调歌头

淳熙丁酉，自江陵移帅隆兴。到官之三[1]月被召。司马监、赵卿、王漕饯别。司马赋《水调歌头》，席间次韵。时王公明枢密薨，坐客终夕为兴门户之叹，故前章及之。

我饮不须劝，正怕酒尊空。别离亦复何恨？此别恨匆匆。头上貂蝉贵客，苑外麒麟高冢，人世竟谁雄？出门一笑去[2]，千里落花风。

孙刘辈，能使我，不为公。余发种种如是[3]，此事付渠侬[4]。但觉平生湖海，除了醉吟风月，此外百无功。毫发皆帝力，更乞鉴湖东[5]。

------

①三：毛本作"二"。　　②出门一笑去：一本作"一笑出门去"。　　③《左传·昭公三年》："齐侯田于莒，卢蒲嫳见，泣且请曰：'余发如此种种，余奚能为！'"种种：短。　　④渠侬：方言。他，她。　　⑤鉴湖：亦名镜湖，在今浙江绍兴南。

又

盟鸥[1]

带湖吾甚爱，千丈翠奁[2]开。先生杖屦[3]无事，一日走千回。凡我同盟鸥鹭，今日既盟之后，来往莫相猜。白鹤在何处，尝试与偕来。

破青萍，排翠藻，立苍苔。窥鱼[4]笑汝痴计，不解举吾杯。废沼荒丘畴昔[5]，明月清风此夜，人世几欢哀。东岸绿阴少，杨柳更须栽。

------

①盟鸥：与鸥鸟结盟，表示向往自由自在的归隐生活。

②翠奁：翠绿色的妆镜匣。这里比喻带湖的水晶莹碧绿。

③杖履：出游。　　④窥鱼：指白鹤准备抓鱼。　　⑤畴昔：
过去。

又

壬子，三山被召，陈端仁给事饮饯，席上作

长恨复长恨，裁作短歌行。何人为我楚舞①，听我楚狂
声②。余既滋兰九畹③，又树蕙之百亩，秋菊更餐英④。门外
沧浪水，可以濯吾缨⑤。

一杯酒，问何似，身后名？人间万事，毫发常重泰山轻。
悲莫悲生离别，乐莫乐新相识⑥，儿女古今情。富贵非吾事，
归与白鸥盟。

----

①为我楚舞：《史论·留侯世家》："上曰：'为我楚舞，吾
为若楚歌。'……歌数阕，戚夫人嘘唏流涕，上起去，罢酒。"
②《论语·微子》："楚狂接舆歌而过孔子。"作者以自喻也。
③滋兰：培育兰花。畹：古时地积单位。　　④屈原《离骚》
云："余既滋兰之九畹兮，又树蕙之百亩。"又云："朝饮木兰之
坠露兮，夕餐秋菊之落英。"　　⑤《孟子·离娄》孟子引孺子
歌曰："沧浪之水清兮，可以濯我缨。沧浪之水浊兮，可以濯我
足。"　　⑥《楚辞·九歌·少司命》云："悲莫悲兮生别离，
乐莫乐兮新相知。"

又

醉吟

四坐且勿语，听我醉中吟。池塘春草未歇，高树变鸣禽①。鸿雁初飞江上，蟋蟀还来床下②，时序百年心③。谁要卿料理，山水有清音。

欢多少，歌长短，酒浅深。而今已不如昔，后定不如今。闲处直须行乐，良夜更教秉烛，高会惜分阴。白发短如许，黄菊倩谁簪④？

----

①谢灵运《登池上楼》诗云："池塘生春草，园柳变鸣禽。" ②《诗经·豳风·七月》云："十月蟋蟀入我床下。"
③杜甫《春日江村五首》："乾坤万里眼，时序百年心。"
④杜甫《春望》："白头搔更短，挥欲不胜簪。"

满 江 红

家住江南，又过了清明寒食。花径里，一番风雨，一番狼藉。红粉暗随流水①去，园林渐觉清阴密。算年年，落尽刺桐花，寒无力。

庭院静，空相忆。无处说②，闲愁极。怕流莺乳燕，得知消息。尺素如今何处也？绿③云依旧无踪迹。漫教人，羞去上层楼，平芜碧。

----

①暗随流水：秦观《望海潮》："无奈归心，暗随流水到天涯。"

②无处说：一本作"无说处"。　　③绿：一本作"彩"。

又

风卷庭梧，黄叶坠，新凉如洗。一笑折，秋英同赏^①，弄香挼^②蕊。天远难穷休久望，楼高欲下还重倚。拚一襟寂寞泪弹秋，无人会。

今古恨，沉荒垒。悲欢事，随流水。想登楼青鬓，未堪憔悴。极目烟横山数点，孤舟月淡人千里。对婵娟，从此话离愁，金尊里。

------

①秋英同赏：屈原《离骚》："朝饮木兰之坠露兮，夕餐秋菊之落英"。　　②挼（ruó）：搓，两手相切摩。

又

游南严，和范先之韵^①。

笑拍洪崖^②，问"千丈翠岩谁削？"依旧是西风白鸟，北村南郭。似整复斜僧屋乱，欲吞还吐林烟薄。觉人间，万事到秋来，都摇落。

呼斗酒，同君酌。更小隐，寻幽约。且丁宁休负，北山猿鹤^③。有鹿从渠求鹿梦^④，非鱼定未知鱼乐^⑤？正仰看，飞鸟却应人，回头错。

------

①先：一本作"廓"。范廓之，即范开。　　②洪崖：仙

人。郭璞《游仙诗》曰："左挹浮丘袖，右拍洪崖肩。"
③南齐周彦伦隐于北山，后应诏出仕。此处用其事。 ④
《列子·周穆王》："郑人有薪于野者，遇骇鹿，御而击之，毙
之。恐人见之也，遽而藏诸隍中，覆之以蕉。不胜其喜。俄而
遗其所藏之处，遂以为梦焉。" ⑤知：毛本作"得"。《庄
子·秋水》："庄子曰：'鲦鱼出游从容，是鱼之乐也。'惠子
曰：'子非鱼，安知鱼之乐？'"

又

卢国华由闽宪移漕建安，陈端仁给事同诸公饯别。余为酒
困，卧清涂堂上①，三鼓方醒。国华赋词留别，席上和韵。

宿酒醒时，算只有，清愁而已。人正在，清涂堂上，月
华如洗。纸帐梅花归梦觉②，莼羹鲈鲙秋风起。问人生，得
意几何时，吾归矣。

君若问，相思事，料长在，歌声里。这情怀只是，中年
如此。明月何妨千里隔③，顾君与我如何耳。向尊前，重约
几时来，江山美。

----

①清涂：端仁堂名也。 ②纸帐梅花：朱敦儒《鹧鸪
天》："添老大，转痴顽。谢天叫我老朱闲。道人还了鸳鸯债，
纸帐梅花醉梦间。" ③"明月"句：谢庄《月赋》："美人
迈兮音尘阙，隔千里兮共明月。"

又

山居即事

　　几个轻鸥，来点破一泓澄绿。更何处，一双鸂鶒①，故来争浴②。细读《离骚》还痛饮，饱看修竹何妨肉③？有飞泉日日供④明珠，五千斛。

　　春雨满，秧新谷。闲日永，眠黄犊。看云连麦垄，雪堆蚕簇。若要足时今足矣，以为未足何时足。被野老相扶入东园，枇杷熟。

------

　　①鸂鶒（xīchì）：水鸟名，又称紫鸳鸯。　②"故来"句：杜甫《春水诗》："已添无数鸟，争浴故相喧。"　③苏轼《绿筠轩诗》曰："可使食无肉，不可使居无竹。无肉令人瘦，无竹令人俗"。此处承其意而反之。　④供：毛本作"共"。

水龙吟

登建康赏心亭①

　　楚天千里清秋，水随天去秋无际。遥岑②远目，献愁供恨，玉簪螺髻③。落日楼头，断鸿声里，江南游子。把吴钩④看了，栏干拍遍，无人会、登临意。

　　休说鲈鱼堪脍，尽西风、季鹰归未？求田问舍，怕应羞见刘郎才气⑤。可惜流年，忧愁风雨，树犹如此⑥！倩何人、唤取红巾翠袖，揾^⑦英雄泪？

----

①毛本题作《旅次登楼作》。　　②遥岑：远山。　　③玉簪螺髻：碧玉头饰和螺形发髻。此处借以形容山峰。　　④吴钩：春秋时吴国所制的一种宝刀。　　⑤许汜论陈元龙豪气未除，谓："昔过下邳，见元龙无主客礼，自上大床卧，使客卧下床。"刘备曰："君有国士名，而不留心救世，乃求田问舍，言无可采，是元龙所讳也。如我当卧百尺楼上，卧君于地，何但上下床之间哉！"　　⑥晋桓温见昔时种柳皆已十围，慨然曰："木犹如此，人何以堪！"又庾信《枯树赋》述桓语曰："昔年种柳，依依汉南；今看摇落，凄凄江潭。树犹如此，人何以堪！"　　⑦揾：揩拭。

又

瓢泉

稼轩何必长贫？放泉檐外琼珠泻。乐天知命，古来谁会，行藏用舍^①？人不堪忧，一瓢自乐，贤哉回也^②！料当年曾问^③："饭蔬饮水^④，何为是，栖栖者^⑤？"

且对浮云山上，莫匆匆，去流山下。苍颜照影，故应零落，轻裘肥马^⑥。绕齿冰霜，满怀芳乳，先生饮罢。笑挂瓢风树，一鸣渠碎，问何如哑^⑦。

----

①《论语·述而》："子谓颜渊曰：'用之则行，舍之则藏，

惟我与尔有是夫。'"　　②《论语·雍也》："子曰：'贤哉回也！一箪食，一瓢饮，在陋巷，人不堪其忧，回也不改其乐。贤哉回也！'"　　③曾：毛本作"尝"。　　④饭蔬饮水：毛本作"饭蔬食饮水"。　　⑤"饭疏食水，曲肱而枕之，乐亦在其中矣。"孔子自道也，见《论语·述而》。"丘何为是栖栖者与？无乃为佞乎？"微生亩谓孔子语也，见《论语·宪问》。此处连为一语，言料当年颜回必曾有是问也。　　⑥轻裘肥马：《论语·雍也》："子曰：'赤之适齐也，乘肥马，衣轻裘。'"

⑦许由手捧水饮，人遗一瓢。饮讫，挂木上，风吹有声。由以为烦，去之。后因以挂瓢比喻隐居遁世。

又

过南涧双溪楼①

举头西北浮云②，倚天万里须长剑。人言此地，夜深长见，斗牛光焰③。我觉山高，潭空水冷，月明星淡。待燃犀下看④，凭栏却怕，风雷怒，鱼龙惨。

峡束苍江对起，过危楼，欲飞，还敛。元龙老矣⑤，不妨高卧，冰壶凉簟。千古兴亡，百年悲笑，一时登览。问何人又卸，片帆沙岸，系斜阳缆。

----

①南涧：一本作"南剑"，即南剑州，在今福建省南平市。②魏文帝《杂诗》云："西北有浮云，亭亭如车盖。"　　③斗牛：二星也。　　④晋温峤至牛渚矶，水深不可测。世云其下多怪物，峤遂毁犀角而照之。须臾见水族覆火，奇形异状。后

人多以毁犀作燃犀，盖相传犀角燃之可以照妖也。　　⑤元龙：陈登字。许汜论之曰："元龙湖海之士，豪气未除。"此处作者以自况也。

摸鱼儿

　　淳熙巳亥，自湖北漕移湖南。同官王正之置酒小山亭，为赋①。

　　更能消、几番风雨，匆匆春又归去。惜春长怕花开早，何况落红无数。春且住。见说道②，天涯芳草无归路。怨春不语。算只有殷勤，画檐蛛网，尽日惹飞絮。

　　长门事，准拟佳期又误。蛾眉曾有人妒。千金纵③买相如赋，脉脉此情谁诉④。君莫舞，君不见，玉环飞燕皆尘土⑤。闲愁最苦。休去倚危栏，斜阳正在，烟柳断肠处。

----

　　①毛本题无"为"字。　　②见说道：听说。　　③纵：毛本作"曾"。　　④司马相如《长门赋》序云："孝武皇帝陈皇后时得幸，颇妒，别在长门宫，愁闷悲思。闻蜀郡成都司马相如天下工为文，奉黄金百斤，为相如文君取酒，因于解悲愁之辞。而相如为文以悟主上，陈皇后复得亲幸。"　　⑤玉环：唐玄宗贵妃杨太真小名。飞燕：赵姓，汉成帝后。

声声慢

檃括渊明《停云诗》①

停云霭霭，八表同昏，尽日时雨濛濛。搔首良朋，门前平陆成江。春醪湛湛独抚，恨弥襟，闲饮东窗。空延伫，恨舟车南北，欲往何从。

叹息东园佳树，列初荣枝叶，再竞春风。日月于征，安得促席从容。翩翩何处飞鸟，息庭柯，好语和同。当年事，同几人，亲友似翁？

----

①今录《停云诗》，以资并玩："霭霭停云，濛濛时雨。八表同昏，平路伊阻。静寄东轩，春醪独抚。良朋悠邈，搔首延伫。停云霭霭，时雨濛濛。八表同昏，平陆成江。有酒有酒，闲饮东窗。愿言怀人，舟车靡从。东园之树，枝条再荣。竞用新好，以招余情。人亦有言，日月于征。安得促席，说彼平生。翩翩飞鸟，息我庭柯。敛翮闲止，好声相和。岂无他人，念子实多。愿言不获，抱恨如何！"

雨中花慢

登新楼，有怀赵昌甫、徐斯远、韩仲止、吴子似、杨民瞻。①

旧雨常来②，今雨不来，佳人偃蹇谁留？幸山中芋栗，今岁全收③。贫贱交情落落，古今吾道悠悠。怪新来却见：

文反④《离骚》，诗发秦州⑤。

功名只道，无之不乐，那知有更堪忧。怎奈向儿曹抵死，唤不回头。石卧山前认虎，蚁喧床下闻牛⑥。为谁西望，凭栏一饷，却下层楼。

----

①止：毛本作"正"。　②杜甫诗小序云："卧病长安，旅次多雨，寻常车马之客，旧雨来，今雨不来。"　③杜甫《南邻诗》起首云："锦里先生乌角巾，园收芋栗未全贫。"④反：毛本作"友"。　⑤杜甫有《发秦州诗》，纪自秦州赴同谷之行。其结句云："大哉乾坤内，吾道长悠悠。"　⑥汉李广出猎，见草中石，以为虎而射之，中石没矢。晋殷仲堪父病虚悸，闻床下蚁动，谓是牛斗。此处言贪悦功名，无非类此之错觉也。

汉宫春

立春

春已归来，看美人头上，袅袅春幡①。无端风雨，未肯收尽余寒。年时燕子，料今宵、梦到西园②。浑未办、黄柑荐酒③，更传青韭堆盘④。

却笑东风从此，便薰梅染柳，更没些闲。闲时又来镜里，转变朱颜。清愁不断，问何人会解连环？生怕见，花开花落，朝来塞雁先还。

----

①《岁时风土记》云："立春之日，士大夫之家，剪彩为小

幡，谓之春幡，或悬于家人之头，或缀于花枝之下。"　　②西园：指北宋汴京西门外琼林苑。　　③黄柑荐酒：苏轼：《洞庭春色序》："安定郡工以黄柑酿酒，谓之洞庭春色。"　　④青韭堆盘：苏轼《立春日小集戏李端叔》："辛盘得青韭，腊酒是黄柑。"

又

即事

行李溪头，有钓车茶具，曲几团蒲。儿童认得，前度过者篮舆①。时时照影，甚此身，遍满江湖。怅野老，行歌不住，定堪与语难呼。

一自东篱摇落②，问渊明岁晚，心赏何如？梅花政自不恶，曾有诗无？知翁止酒，待重教，莲社③人沽。空怅望，风流已矣，江山特地愁余。

----

①篮舆：古代供人乘坐的交通工具，形制不一，一般以人力指着行走，类似后世的轿子。　　②"一自"三句：陶渊明曾在东篱采菊，悠然自得。　　③莲社：晋释慧远合缁素百二十有三人所结佛社也。邀渊明入社，渊明谢之。

又

会稽蓬莱阁怀古①

秦望山头②，看乱云急雨，倒立江湖。不知云者为雨，雨者云乎③？长空万里，被西风变灭须臾。回首听月明天籁，人间万窍号呼。

谁向若耶溪④上，倩美人西去，麋鹿姑苏⑤？至今故国人望，一舸归欤⑥。岁云暮矣，问何不鼓瑟吹竽⑦？君不见王亭谢馆⑧，冷烟寒树啼乌。

----

①会稽：在今浙江省绍兴市。蓬莱阁：指会稽卧龙山下的游览胜地。　　②《水经注》云："会稽秦望山为众峰之杰。"
③《庄子·天运》云："云者为雨乎？雨者为云乎？孰隆施是？"
④若耶溪：即浣纱溪，在会稽南面，相传是西施浣纱的地方。
⑤言西施入吴事也。西施，若耶溪上浣纱女。　　⑥一舸归欤：指范蠡辅助越王勾践灭吴兴霸以后，携西施泛湖而去。　　⑦鼓瑟吹竽：《诗经·小雅·鹿鸣》："我有嘉宾，鼓瑟吹笙。"　　⑧王亭：言兰亭也，晋王羲之作《兰亭集序》；谢馆：晋谢安初家于会稽也。

丑奴儿近

博山道中，效李易安体①。

千峰云起，骤雨一霎儿价②。更远树斜阳，风景怎生图画？青旗卖酒，山那畔别有人家。只消山水光中，无事过这一夏③。

午醉醒时，松窗竹户，万千潇洒。野鸟飞来，又是一般闲暇。却怪白鸥，觑着人，欲下未下。旧盟都在④，新来莫是，别有说话⑤？

----

①博山：在江西省永平县西二十里。李易安：即北宋词人

李清照，号易安居士。其词别具一格，称易安体。　　②价：为副词之语尾，约当今之"地"。　　③者：即今之"这"。夏：毛本作"霎"。　　④旧盟：言旧习之鸥也。　　⑤毛本至"又是一"止，下俱脱落而连接《洞仙歌》"飞流万壑"云云一首于下。

蓦山溪

停云竹径初成

小桥流水，欲下前溪去。唤起故人来，伴先生风烟杖屦。行穿窈窕，时历小崎岖，斜带水，半遮山，翠竹栽成路。

一尊遐想，剩有渊明趣。山上有停云，看山下濛濛细雨。野花啼鸟，不肯入诗来，还一似，笑翁诗，自没安排处。

最高楼

醉中有索四时歌，为赋。

长安道，投老倦游归。七十古来稀。藕花雨湿前湖夜，桂枝风澹小山时。怎消除？须殢①酒，更吟诗。

也莫向竹边辜负雪。也莫向柳边辜负月，闲过了，总成痴。种花事业无人问，惜花情绪只天知。笑山中：云出早，鸟归迟②。

------

①殢（tì）：滞留。　　②"云出早"两句，化用陶渊明《归去来兮辞》："云无心以出岫，鸟倦飞而知还"之意。

又

吾拟乞归，犬子以田产未置止我，赋此骂之。

吾衰矣，须富贵何时。富贵是危机。暂忘设醴抽身去，未曾得米弃官归。穆先生，陶县令[①]，是吾师。

待葺个园儿名"佚老"，更作个亭儿名"亦好"，闲饮酒，醉吟诗。千年田换八百主[②]。一人口插几张匙？便休休，更说甚，是和非[③]？

------

①汉穆生少时，与楚元王交同受《诗》于浮丘伯，交王楚，以为中大夫。生不嗜酒，常为设醴。及王戊嗣位，忘设。生曰："醴酒不设，王之意怠矣。"遂去。晋陶渊明为彭泽令，八十余日即弃去，曰："吾不能为五斗米折腰向乡里小儿。"
②"千年"句：《景德传灯录》载：僧问："如何是和尚家风？"禅师云："千年田八百主。"僧云："如何是千年田八百主？"禅师云："即当屋舍勿人修。"　　③末句毛本作："咄豚奴，愁产业，岂佳儿！"

新荷叶
再题傅岩叟悠然阁

种豆南山，零落一顷为萁[①]。岁晚渊明，也吟草盛苗稀[②]。风流划地，向尊前采菊题诗。悠然忽见，此山正绕东篱③。

千载襟期，高情想像当时。小阁横空，朝来翠扑人衣。是中真趣，问骋怀游目谁知？无心出岫，白云一片孤飞④。

----

①汉杨恽报孙会宗书中云："酒后耳热，仰天抚缶而呼呜呜。其诗曰：'田彼南山，芜秽不治。种一顷豆，落而为萁。人生行乐耳，须富贵何时？'"豆落为萁，言徒劳无获也。　②陶渊明《归田园居》第三首起首云："种豆南山下，草盛豆苗稀。"　③"采菊东篱下，悠然见南山"，渊明《饮酒诗》第五首中句也。④"无心"两句：陶渊明《归去来兮辞》："云无心以出岫，鸟倦飞而知还。"

祝英台近

晚春

宝钗分，桃叶渡①，烟柳暗南浦。怕上层楼，十日九风雨。断肠片片②飞红，都无人管，更谁劝啼③莺声住？

鬓边觑，应④把花卜归期，才簪又重数。罗帐灯昏，哽咽梦中语："是他春带愁来。春归何处？却不解带将愁去！"

----

①桃叶渡：在今江苏省南京市秦淮青溪合流处。东晋王献之曾在此送爱妾桃叶时作歌曰："桃叶复桃叶，渡江不用楫。"
②片片：毛本作"点点"。　③啼：毛本作"流"。
④应：毛本作"试"。

粉蝶儿

和赵晋臣敷文赋落梅

昨日春如，十三女儿①学绣。一枝枝，不教花瘦。甚无情，便下得，雨僝风僽②。向园林铺作地衣红绉。

而今春似，轻薄荡子难久。记前时，送春归后。把春波，都酿作，一江醇酎③。约清愁，杨柳岸边相候。

------

①十三女儿：杜牧《赠别二首》："娉娉袅袅十三余，豆蔻梢头二月初。"　　②雨僝（chán）风僽（zhòu）：黄庭坚《宴桃源》："天气把人僝僽，落絮游丝时候。"僝僽：折磨。③醇酎：浓酒。

江神子

博山道中书王氏壁①

一川松竹任横斜，有人家，被云遮。雪后疏梅，时见两三花。比着桃源溪上路，风景好，不争些②。

旗亭有酒径须赊。晚寒咱③，怎禁他？醉里匆匆，归骑自随车④。白发苍颜吾老矣，只此地，是生涯。

------

①博山：今江西永丰县西。　　②不争些：言相去不远也。③咱：一本作"些"。　　④"归骑"句：韩愈《嘲少年》："只知闲信马，不觉误随车。"

青玉案

元夕

东风夜放花千树，更吹落，星如雨①。宝马雕车香满路。凤箫声动，玉壶光转，一夜鱼龙舞。

蛾儿雪柳黄金缕②。笑语盈盈暗香去。众里寻他千百度。蓦然回首，那人却在灯火阑珊处。

---

①状繁灯也。　　②蛾儿雪柳：宋代妇女元宵戴的头饰。黄金缕：以金为饰的雪柳。李商隐《谑柳》："已带黄金柳，仍飞白玉花。"

一剪梅

游蒋山呈叶丞相

独立苍茫醉不归，日暮天寒，归去来兮。探梅踏雪几何时，今我来思，杨柳依依①。

白石冈头曲岸西，一片闲愁，芳草萋萋。多情山鸟不须啼，桃李无言，下自成蹊②。

---

①《诗经·小雅·采薇》篇有云："昔我往矣，杨柳依依。今我来思，雨雪霏霏。"此处用其语。思：语词也。　　②《汉书·李广传赞》引谚曰："桃李不言，下自成蹊。"言桃李以其华实之故，非有所呼召，而人争归之，其下自然成蹊径也。

踏莎行

庚戌中秋后二夕带湖篆冈小酌

夜月楼台，秋香院宇，笑吟吟地人来去。是谁秋到便凄凉？当年宋玉悲如许[1]。

随分杯盘，等闲歌舞，问他有甚堪悲处？思量却也有悲时，重阳节近多风雨。

----

[1]宋玉《九辩》首句云："悲哉秋之为气也！"宋玉：战国时楚国诗人，有《九辩》《风赋》《登徒子好色赋》等作品。

又

和赵国兴知录韵

吾道悠悠[1]，忧心悄悄[2]，最无聊处秋光到。西风林外有啼鸦，斜阳山下多衰草。

长忆商山，当年四老[3]，尘埃也走咸阳道。为谁书到便幡然[4]，至今此意无人晓。

----

[1]"吾道"句：化用杜甫《发秦州》"大哉乾坤内，吾道长悠悠"之意。　　[2]忧心悄悄：《诗经·邶风·柏舟》："忧心悄悄，愠于群小。"　　[3]四老：秦汉间隐士东园公、绮里季、夏黄公、甪里先生。　　[4]幡然：改变主意。

定风波^①

少日春怀似酒浓，插花走马醉千钟^①。老去逢春如病酒，唯有茶瓯香篆小帘笼^③。

卷尽残花风未定，休恨，花开元自要春风。试问春归谁得见？飞燕，来时相遇夕阳中。

------

①毛本题作《暮春漫兴》。　　②钟：通"盅"，酒杯。
③帘笼：有帘子的窗户。笼：一本作"枕"。

南乡子
舟中记梦

敧枕橹声边，贪听咿哑聒醉眠。梦里笙歌花底去，依然，翠袖盈盈在眼前。

别后两眉尖，欲说还休梦已阑。只记埋冤前夜月，相看，不管人愁独自圆。

又
登京口北固亭有怀^①

何处望神州，满眼风光北固楼。千古兴亡多少事，悠悠，不尽长江滚滚流。

年少万兜鍪^②，坐断东南战未休。天下英雄谁敌手？曹刘。生子当如孙仲谋③。

----

①北固楼：今江苏镇江北固山上。　　②兜鍪（dóu móu）：
头盔。　　③曹操语。

鹧鸪天
代人赠

晚日寒鸦一片愁，柳塘新绿却温柔。若教眼底无离恨，
不信人间有白头。

肠已断，泪难收，相思重上小红楼。情知已被云遮断，
频倚阑干不自由。

又

陌上柔桑破嫩芽，东邻蚕种已生些。平冈细草鸣黄犊，
斜日寒林点暮鸦。

山远近，路横斜，青旗①沽酒有人家。城中桃李愁风雨，
春在溪头荠菜花。

----

①青旗：酒店的招牌，多用青色的布，故名青旗。

又
鹅湖归病起作

枕簟①溪堂冷欲秋，断云依水晚来收。红莲相倚浑如醉，

白鸟无言定自愁。

书咄咄②，且休休③。一丘一壑④也风流。不知筋力衰多少，但觉新来懒上楼。

- -

①簟（diàn）：竹席。　②晋殷浩被黜放，口无怨言，但终日书空，作"咄咄怪事"四字。　③唐司空图作亭名"休休"，曰："量才一宜休，揣分二宜休，耄而聩三宜休。"
④一丘一壑：《汉书·叙传》载班嗣推崇庄周的话："渔钓于一壑，则万物不奸其志；栖迟于一丘，则天下不易其乐。"

又

石门道中

山上飞泉万斛珠，悬崖千丈落鼪鼯①。已通樵径行还碍，似有人声听却无。

闲略彴②，远浮屠③，溪南修竹有茅庐。莫嫌杖屦频来往，此地偏宜着老夫。

- -

①鼪鼯（shēng wú）：黄鼠狼和飞鼠。　②略彴（zhuó）：小桥。彴：独木桥。　③浮屠：佛塔。

又

读渊明诗，不能去手，戏作小词以送之。

晚岁躬耕不怨贫，只鸡斗酒聚比邻。都无晋宋之间事，自是羲皇以上人①。

千载后，百遍存，更无一字不清真。若教王谢②诸郎在，未抵柴桑③陌上尘。

----

①羲皇：传说中上古帝王伏羲氏。《晋书·陶渊明传》："尝言夏日虚闲，高卧北窗之下，清风飒至，自谓羲皇上人。"
②王谢：晋世望族，佳才甚众。　　③柴桑：渊明所居，在今江西九江市西南。

玉楼春
戏赋云山

何人半夜推山去？四面浮云猜是汝。常①时相对两三峰，走遍溪头无觅处。

西风瞥起云横度，忽见东南天一柱。老僧拍手笑相夸，且喜青山依旧住。

----

①常：毛本作"当"。

又

风前欲劝春光住，春在城南芳草路。未随流落水边花，且作飘零泥上絮①。

镜中已觉②星星误，人不负春春自负。梦回③人远许多愁，只在梨花风雨处。

----

①泥上絮：朱弁《风月堂诗话》："禅心已作沾泥絮，不逐

春风上下狂。"　　②觉：毛本作"有"。　　③梦回：后唐李璟《浣溪沙》："细雨梦回鸡塞远，小楼吹彻玉笙寒。"

又

三三两两谁家妇？听取鸣禽枝上语，提壶沽酒^①已多时，婆饼焦^②时须早去。

醉中忘却来时路，借问行人家住处。只寻古庙那边行，更过溪南乌桕树。

----

①提壶沽酒：梅尧臣《禽言诗》："提壶卢，沽酒去。"提壶：鸟名。　　②婆饼焦：鸟名，鸣声如是也。

又

乙丑，京口奉祠西归，将至仙人矶

江头一带斜阳树，总是六朝人住处。悠悠兴废不关心，惟有沙洲双白鹭。

仙人矶下多风雨，好卸征帆留不住。直须抖擞尽尘埃，却趁新凉秋水去。

鹊桥仙

己酉山行书所见

松冈避暑，茅檐避雨，闲去闲来几度。醉扶怪石看飞泉，又却是，前回醒处。

东家娶妇，西家归女，灯火门前笑语。酿成千顷稻花香，夜夜费，一天风露。

西江月

夜行黄沙道中

明月别枝惊鹊，清风半夜鸣蝉。稻花香里说丰年，听取蛙声一片。

七八个星天外，两三点雨山前^①。旧时茅店社林边，路转溪头忽见。

----

① "七八"两句：何光远《鉴诫录》卷五曰："王蜀卢侍郎延让吟诗，多着寻常容易言语。有《松门寺》诗云：'两三条电欲为雨，七八个星犹在天。'"

又

遣兴

醉里且贪欢笑，要愁那得工夫？近来始觉古人书，信着全无是处。

昨夜松边醉倒，问松我醉何如。只疑松动要来扶，以手推松曰"去！"

清平乐

村居

茅檐低小，溪上青青草。醉里吴音相媚好，白发谁家翁媪^①？

大儿锄豆溪东，中儿正织鸡笼。最喜小儿亡赖^②，溪头卧剥莲蓬。

----

①翁媪：老公公，老婆婆。　　②亡赖：无赖，顽皮。《汉书·高帝纪》注云："江淮之间，谓小儿多诈，狡狯为亡赖。"

又

独宿博山王氏庵

绕床饥鼠，蝙蝠翻灯舞。屋上松风吹急雨，破纸窗间自语。

平生塞北江南，归来华发苍颜。布被秋宵梦觉，眼前万里江山。

菩萨蛮

金陵赏心亭，为叶丞相赋。

青山欲共高人语，联翩万马来无数。烟雨却低回，望来终不来。

人言头上发，总向愁中白。拍手笑沙鸥，一身都是愁。

又

书江西造口壁

郁孤台①下清江水，中间多少行人泪。西北望②长安，可怜无数山。

青山遮不住，毕竟东流去。江晚正愁余，山深闻鹧鸪。

------

①郁孤台：在今江西赣州城西北部贺兰山顶。　　②西北望：四卷本甲集作"东北是"。

卜算子

寻春作

修竹翠萝寒①，迟日江山暮②。幽径无人独自芳，此恨知无数。

只共梅花语，懒逐游丝去。着意寻春不肯香，香在无寻处。

------

①"修竹"句：杜甫《佳人诗》："天寒翠袖薄，日暮倚修竹。"　　②"迟日"句：杜甫《绝句》："迟日江山丽，春风花草香。"

又

闻李正之茶马讣音

欲行且起行，欲坐重来坐。坐坐行行有倦时，更枕闲书卧。

病是近来身，懒是从前我。净扫瓢泉竹树阴，且恁随缘过。

丑奴儿

书博山道中壁

烟芜露麦^①荒池柳，洗雨烘晴。洗雨烘晴，一样春风几样青。

提壶脱裤催归去^②，万恨千情。万恨千情，各自无聊各自鸣。

---

①麦：毛本作"芟"。　　②提壶、脱裤：皆取鸣声以为鸟名也。

又

此生自断天休问，独倚危楼。独倚危楼，不信人间别有愁。

君来正是眠时节，君且归休。君且归休，说与西风一任秋。

又

书博山道中壁

少年不识愁滋味，爱上层楼。爱上层楼，为赋新词强说愁。

而今识尽愁滋味，欲说还休。欲说还休，却道"天凉好个秋"。

又

近来愁似天来大，谁解相怜！谁解相怜，又把愁来做个天。

都将今古无穷事，放在愁边。放在愁边，却自移家向酒泉①。

------

①酒泉：汉郡，郡城有泉，味如酒，故名。故城在今甘肃酒泉市肃州区。

浣溪沙

偕杜叔高、吴子似宿山寺戏作

花向今朝粉面匀，柳因何事翠眉颦①？东风吹雨细于尘。

自笑好山如好色②，只今怀树③更怀人。闲愁闲恨一番新。

------

①颦：皱眉。　　②好山：苏轼《自径山回和吕察推诗》：

"多君贵公子，爱山如爱色。"　③怀树：朱熹注《诗经·召南·甘棠》云："召泊循行南国，以布文王之政。或舍甘棠之下，其后人思其德，故爱其树而不忍伤也。"

山花子
简传嵒叟①

总把平生入醉乡，大都三万六千场。今古悠悠多少事，莫思量。

微有寒些春雨好，更无寻处野花香。年去年来还又笑，燕飞忙。

----

①山花子：词牌名又名《摊破浣溪沙》或《添字浣溪沙》。嵒（yán）：同"岩"，此处作人名。

浪淘沙
山寺夜半闻钟

身世酒杯中，万事皆空。古来三五个英雄。雨打风吹何处是，汉殿秦宫？

梦入少年丛，歌舞匆匆。老僧夜半误鸣钟。惊起西窗眠不得，卷地西风。

减字木兰花

宿僧房有作

僧窗夜雨，茶鼎熏炉宜小住。却恨春风，勾引诗来恼杀翁。

狂歌未可，且把一尊料理我。我到亡何，却听侬①家陌上歌。

----

①侬：毛本作"农"。

南歌子

山中夜坐

世事从头减，秋怀彻底清。夜深犹送枕边声，试问清溪底事①未能平？

月到愁边白，鸡先远处鸣。是中无有利和名，因甚山前未晓有人行？

----

①底事：何事。

太常引

建康中秋夜为吕潜叔①赋

一轮秋影转金波②，飞镜又重磨。把酒问姮娥③，被白发欺人奈何？

乘风好去，长空万里，直下看山河。斫去桂婆娑，人道是清光更多④。

----

①吕叔潜：一作"吕潜叔"，名大虬，生平不详。　　②金波：言月光也。　　③姮娥：一本作"嫦娥"。　　④传说月中黑影为桂树，有一人常斫之，树创随合。杜甫《一百五日夜对月诗》云："斫却月中桂，清光应更多。"

东坡引

闺怨

玉纤弹旧怨，还敲绣屏面，清歌自①送西风雁。雁行吹字断，雁行吹字断。

夜深拜月②，琐窗西畔，但桂影，空阶满。翠帏自掩无人见。罗衣宽一半，罗衣宽一半。

----

①自：毛本作"目"。　　②毛本月上有"半"字。

又

君如梁上燕，妾如手中扇，团团青影双双伴。秋来肠欲断，秋来肠欲断。

黄昏泪眼，青山隔岸，但咫尺，如天远①。病来只谢傍人劝。龙华三会愿，龙华三会愿②。

----

①"咫尺"句：李白《连理枝》："咫尺宸居，君恩断绝，

似远千里。"　　②《荆楚岁时记》："四月八日，诸寺各设斋，以五香水浴拂，作龙华会。"

又

花稍红未足，条破惊新绿，重帘下遍阑干曲。有人春睡熟，有人春睡熟。

鸣禽破梦，云偏瘱①，起来香腮褪红玉。花时爱与愁相续。罗裙过半幅，罗裙过半幅。

----

①毛本瘱上有"目"字。

夜游宫

苦俗客

几个相知可喜，才斯见，说山说水。颠倒烂熟只这是，怎奈何，一回说，一回美。

有个尖新底，说底话，非名即①利。说得口干罪过你。且不罪，俺略起，去洗耳。

----

①即：毛本作"非"。

杏 花 天

病来自是于春懒，但别院笙歌一片。蛛丝网遍玻璃盏，更问①舞裙歌扇？

有多少莺愁蝶怨，甚梦里春归不管。杨花也笑人情浅，故故②沾衣扑面。

----

①更问：岂可问。　　②故故：频频，亦可作"故意"或"特意"解。

唐河传
效花间体①

春水，千里，孤舟浪起，梦携西子。觉来村巷夕阳斜，几家，短墙红杏花。

晚云做造些儿雨。折花去，岸上谁家女？太狂颠，那边，柳绵②，被风吹上天。

----

①《花间集》十二卷，蜀赵崇祚编，为唐五代词选集，词之有选集自此始。　　②绵：毛本作"线"。

柳梢青

三山归途，代白鸥见嘲

白鸟相迎，相怜相笑，满面尘埃。华发苍颜，去时曾劝，闻早①归来。

而今岂是高怀，为千里莼羹计哉？好把移文②，从今日，读取千回。

----

①闻早：趁早。　　②南齐周彦伦隐于北山，后应诏出仕。孔稚圭作《北山移文》以讽之。

武陵春

走去走来三百里，五日以为期。六日归时已是疑，应是望多时。

鞭个马儿归去也，心急马行迟。不免相烦喜鹊儿，先报那人知。

霜天晓角

旅兴

吴头楚尾，一棹人千里。休说旧愁新恨，长亭树①，今如此。

宦游吾倦矣，玉人留我醉。明日落花寒食，得且住，为佳耳②。

----

①树：毛本脱。　　②晋无名氏帖云："寒食近，且住为佳耳。"

生查子

有觅词者，为赋

去年燕子来，绣户深深处。花径得泥归，都把琴书污。
今年燕子来，谁听呢喃语？不见卷帘人，一阵黄昏雨。

又

独游雨①岩

溪边照影行，天在清溪底。天上有行云，人在行云里。
高歌谁和余？空谷清音起。非鬼亦非仙，一曲桃花水。

----

①雨：毛本作"西"。

又

题京口郡治尘表亭

悠悠万世功，矻矻①当年苦。鱼自入深渊，人自居平土。
红日又西沉，白浪长东去。不是望金山②，我自思量禹③。

----

①矻矻（kū）：勤奋不倦的样子。　　②金山：旧在江中，
后沙涨成陆，与南岸相连。在今江苏镇江市西北。　　③禹：
古代神话传说中治水的英雄。

寻芳草

嘲陈莘叟忆内

有得许多泪，更闲却许多鸳被。枕头儿放处都不是，旧家时怎生睡？

更也没书来，那堪被雁儿调戏。道无书却有书中意，排几个"人人"字。

周姜词

绪　言

　　周邦彦、姜夔两人同样有诗人的天才，同样是音律的专家，对于词坛，又同样发生不小的影响，所以我们把他们的词选集在一起，成为这一个本子。

　　周邦彦，字美成，号清真，钱塘人。生于宋仁宗嘉祐二年（1057），死于宋徽宗宣和三年（1121[①]）。元丰初年游京师，献《汴都赋》万余言。神宗召赴政事堂，自太学诸生一命为太学正。后出教授庐州，知溧水县。还为国子主簿。哲宗召对，使诵前赋，除秘书省正字。徽宗设议礼局，教他兼检讨。出知隆德府，迁知明州。入拜秘书监，进徽猷阁待制，提举大晟府[②]。后出知顺昌府，徙处州，就死在那里。他的集子，现有以下几个本子：汲古阁本《片玉词》二卷，补遗一卷，收集最完备；四印斋本《清真集》二卷，附集外词一卷；《强村丛书》本陈元龙集注《片玉集》十卷[③]。

　　姜夔，字尧章，号白石道人，鄱阳人。约生于宋高宗绍兴二十五年（1155），死于宋理宗端平二年（1235[④]）。幼时从父亲宦游汉阳，后来他全家就流落在夏口。学诗于萧德藻。德藻带他到吴兴，以侄女配他。他与当时文人杨万里、范成大、吴文英等相友善。往来长沙、汉阳、合肥、扬州、苏州、吴兴、杭州之间，过他优闲的布衣生活。宋宁宗庆元三年

（1197），他上书论雅乐，并进《大乐议》。（今载《宋史·乐志》）五年（1199），又呈进《圣宋铙歌鼓吹曲》十四首，诏付太常收掌。后以疾卒，葬西马塍。他的词，有的在字旁自记歌拍。流传的本子有以下这些：汲古阁本《白石词》一卷，很不完备；四印斋本《白石道人词集》三卷，别集一卷；《榆园丛书》本《白石道人歌曲》五卷；《强村丛书》本《白石道人歌曲》六卷，别集一卷。

邦彦的词，贵人、学士、市侩、妓女皆知其为可爱⑤。这个所以然，与其说一般人欣赏他的文艺，不如说一般人爱悦他的谐美的音律。在当时，唱词、听唱词是民众的娱乐。一个作家作品丰富而音律谐美的，他的作品与声誉自会"不胫而走"，传遍各地，因为无数爱唱、爱听的人都是他的宣传者。邦彦是个音乐家，《宋史》本传说他"好音乐，能自度曲……词韵清蔚"；他又是时常接近妓女的，当然有许多词特地供给妓女歌唱而作，即不为着这个目的的作品，由于他的素养，音律自也精严，这些作品是妓女与其他爱唱、爱听的人欢迎的，无意间代他传布了开来，而欢迎的人便更多。在一般唱或听唱的人，对于歌词的内容往往不大措意，高妙的文艺与粗俗的语句几乎看得无甚分别，因为他们的趣味全在于唱出逐一个字时的音律；现在人唱昆剧或听京剧，即使明通词句，也只玩味那音律的情趣，少有作文艺的欣赏，就是一个凭证。当时一般人爱悦邦彦的词，也是这样的情形。

邦彦的词，大部分的词人看作规矩准绳。这也是注重作风的方面少，而注重音律的方面多。他们以为作词要音律谐美，只消依着邦彦的词的音律。《四库提要》说："邦彦本通音律，下字用韵皆有法度；故方千里和词，一一案谱填腔，不敢稍失尺寸。"这不是认邦彦的词同于词谱么？南宋沈义父说："作词当以清真为主，盖清真最为知音。"把"知音"作值得依奉的一个条件，就是说依着他，音律上就有了把握。后来词的唱法失传了，却依然有谨守着邦彦词的四声以及字音的清浊、洪细等等来填词的；直到最近的几年，编者还看见过这样的作品。其实，这样作的词与其他的词没有分别，就是与诗也没有大分别，只是限制较多的别体的诗罢了。

我们现在对于邦彦的词，当然只能与诗一样看待，体会他的意境，玩味他的风格；至于他的谐美的音律，我们的听官没福享受了。他的词，大部分是写儿女之情，离别之感。这是最普通的题材，给一般人写滥了的。但是他有诗人的天才，所以能写得细腻，写得深至。如其用画来比，他的词不是写意画是工笔画。他毫不吝惜工夫同彩色，这样精心地一笔一笔勾勒，结果作成神情凝聚的画幅。譬如那首题作"早行"的《蝶恋花》：

　　月皎惊乌栖不定，更漏将残，辘轳牵金井。唤起两眸清炯炯，泪花落枕红绵冷。

　　执手霜风吹鬓影，去意徊徨，别语愁难听。楼上栏干横斗柄，露寒人远鸡相应。

就是一幅耐人寻味的"工笔"。乌因月色明皎而栖不定，故啼；此外又有残漏声，井上辘轳声。这些声音骤把离人一夜凄迷、才得合眼的梦魂惊醒，所以两眸并不惺忪而是"清炯炯"。在未曾合眼之前,别语是万分地缠绵,别泪是不尽地零落,因此浸渍在枕函里红绵上的热泪早已冷了。下叠前三语,人起来了,由房闼而庭院,不可堪的离别终于到临。后二语,上写居者的处所,"楼上栏干横斗柄",楼中人怎样的伤心,已可想见;下写野路的情景,"露寒人远鸡相应",行人的怅惘更何待细说⑥?像这样细腻深至的一篇东西,实是一件纯粹的艺术品,有永久的生命。我们读邦彦的词,应该留着心发现这样的艺术品。

邦彦的词里,多用前人的诗,尤其是唐人的诗,只看陈元龙集注的《片玉集》就知道。这可分为两种,一是用前人的诗作辞藻,一是用前人的诗的意境。关于辞藻,不必多说,作家读诗既多,那些辞藻自然不离笔端;犹如习居一地,那地方的熟语方言自然不离口头。关于意境,邦彦往往能融化了前人的,更深美地表达出来。能融化,所以灭尽针线痕迹;能更深美,所以仍不失其创造性。譬如那首题作"金陵怀古"的《西河》:

> 佳丽地,南朝盛事谁记?山围故国,绕清江髻鬟对起,怒涛寂寞打孤城,风樯遥度天际。

> 断崖树,犹倒倚;莫愁艇子曾系。空余旧迹,郁苍苍,雾沉半垒。夜深月过女墙来,赏心东望淮水。

> 酒旗戏鼓甚处市?想依稀王谢邻里。燕子不知何世,入寻常巷陌人家,相对如说兴亡,斜阳里。

实在是用刘禹锡两首绝句的意境⑦。但是能不被原诗牵制，写出来还是他自己整个的情调。并且，他开头写江景，风致如画，胜于刘诗；而末句说刘诗所不曾说，却并非把意境说个净尽，依然留着许多教人去想的余味。这样用前人的诗，与有些人老实照抄，把作品弄得很死板很破碎的全不相同。我们读邦彦的词，这一点也值得注意。

但邦彦的词也有不用前人的诗及成语、古典，只是说话一般写下来的。工夫依然很细密，勾勒成一种异样的精神。譬如那首《红窗迥》：

> 几日来真个醉。不知道窗外乱红已深半指，花影被风摇碎。拥春酲乍起。有个人人生得济楚，来向耳畔问道"今朝醒未？"情性儿慢腾腾地，恼得人又醉。

真是一幅白描的"工笔"。其他如：

> 更深，人去，寂静，但照壁孤灯相映。酒已都醒，如何消夜永！（《关河令》）

> 极目平芜，应是春归处。愁凝仁；楚歌声苦，村落黄昏鼓。（《点绛唇》）

都不假借什么字面，全由意境的深远，故成这样很高的格调。

现在我们略谈姜夔的词。

姜夔同邦彦一样，精通音律。他的歌曲也极受当时的称赏。他喜欢自制歌曲。有诗句道："自作新词韵最娇，小红低唱我吹箫⑧。"在那首《长亭怨慢》的自序里说："予颇喜自制曲；初率意为长短句，然后协以律，故前后阕多不同。"这一种自由，对于作家自有许多的便利；但当时作词是以供歌唱为条件的，故惟能"协以律"的他，才有这一种自由。他却绝不滥用这自由，不惜费尽苦心来完成他的作品，那首《庆宫春》的自序里有"过句涂稿乃定"的话，就可以想见。

我们虽不懂得词的唱法，而读姜夔的词，觉有一种自然的音节，清新而超妙。只这样低回抑扬地读着，就仿佛神与之会，悠然意远。他有些词句，音节有余，而吟味意境，却极平常。如：

> 记曾共西楼雅集，想垂杨远袅万丝金。待得归鞍到时，只怕春深。（《一萼红》）

音节是优婉极了，但意境实平浅。又如有名的咏梅花的《暗香》《疏影》两词，论音节实在可爱，——我们不曾选，这里录《疏影》一首：

> 苔枝缀玉，有翠禽小小，枝上同宿。客里相逢，篱角黄昏，无言自倚修竹。昭君不惯胡沙远，但暗忆江南江北。想珮环月夜归来，化作此花幽独。
>
> 犹记深宫旧事，那人正睡里，飞近蛾绿。莫似春风，不管盈盈，早与安排金屋。还教一片随波去，又却怨玉龙哀曲。等恁时重觅幽香，已入小窗横幅。

张炎说这两首"前无古人，后无来者；自立新意，真为绝唱"。但是，这一首"前段用少陵诗，后段用寿阳事⑨"，我们只觉有咏物体的支离破碎的通病。即使不论全篇的浑凝，把他分开了看，如从杜甫诗句化出的"昭君不惯胡沙远，但暗忆江南江北。想珮环月夜归来，化作此花幽独"，对于梅花也未见十分亲切有味。

当然，意境很好的词他有不少。在较长的调子里，往往有几句是绝妙的，却不是完善的整篇。这是许多词家的通例。他的意境的好处在淡远，在清空。用画来比，他不爱用繁多的色彩，不爱作致密的勾勒，只用轻红淡墨，疏疏地来这么几笔，而这几笔便构成一种光景，足供抚玩不尽。如：

　　凭兰怀古，残柳参差舞。（《点绛唇》）

　　远浦萦回，暮帆零乱向何许？（《长亭怨慢》）

看似寻常，而仔细吟味，却有极丰富的诗的意境，表现尽了怅惘低回的情绪。近人王国维论词，以隔与不隔来判别高下⑩。大概所谓"隔"，指费尽工夫，却不曾搔着痒处；所谓"不隔"，乃是就心中情，眼前景，人人所感、所见的，一语道破，而情景交融，神韵宛然。像上面举出的例，就属于"不隔"的一类；不着迹象，不矜才气，所以说他有淡远、清空的好处。

我们读陶渊明诗，同时总爱读他的短篇自序，因为都是些精妙的小品文，与诗篇有同等的文艺的价值。现在对于姜夔的作品，也有同样的情形。他有些词有自序，几乎全是诗的散文。如《扬州慢》自序说：

　　淳熙丙申至日，予过维扬。夜雪初霁，荠麦弥望。入其城，则四顾萧条，寒水自碧，暮色渐起，戍角悲吟。予怀怆然，感慨今昔，因自度此曲。千岩老人以为有黍离之悲也。

虽只六十多字，却已是独立而完整的一篇，凄凉荒寂，足感人心。本来，散文比较"率意为长短句，然后协以律"的自制曲更为自由，由诗心来驱遣着，自成佳作。至于那首词，如：

　　　　过春风十里，尽荠麦青青。自胡马窥江去后，
　　废池乔木犹厌言兵。渐黄昏，清角吹寒，都在空城。
固然能把悲感在淡远的情调里表现出来，可是后面就不免犯了"隔"的毛病。从全体讲，反不如那篇小序浑凝而无懈可击。这当然由于为音节所制限之故。

　　南宋词家如史达祖、吴文英、王沂孙、张炎等都受姜夔的影响，清朱彝尊说他们"皆具夔之一体"。这些人没有姜夔的诗才，所以掉弄笔墨，只好多作咏物词；没有真的感情，新的意境，所以搬来搬去，只有一些成语古典。词的情味应该是"诗的"，而他们往往弄成诗味很淡的特种玩意儿。姜夔既少有这种毛病，淡远、清空的境界又是他的独到之处，自然无愧为一派词家的领袖。但是他有少数的词，却受了别一派词家的影响，全变了平时的风格。《虞美人》《水调歌头》《汉宫春》几首，完全是辛弃疾，如其同辛词排在一起，很可"乱真"。《虞美人》里的"东游才上小蓬莱；不见此楼烟雨未应回。而今指点来时路，却是冥濛处。"尤其有辛词的豪放的神韵。

　　我们选在这里的，是周词总数的三分之一，姜词总数的二分之一。选取的标准当然不能避免编者的偏嗜；就是前面的一些意思，也只是编者平时所怀的平浅的见解，未必是允当的评论。本来，文艺的欣赏是读者与作品的直接交涉；很

希望读者用自己的眼光读两家的词，终于有所见，而编者这一些意思仅供参证之用。至于不曾选入的作品，读者不妨从全本里去看；如果也觉得这些无关重要，可以从略，那使编者欣幸极了。

1927 年 1 月作

----

①《宋史》本传不载生卒年月。据胡适辑《词选》。胡又据王国维所作《清真先生遗事》。 ②徽宗颁大晟乐，专置大晟府掌之。 ③这个集子有刘肃的序，说陈元龙"病旧注之简略，遂详而疏之，俾歌之者究其事，达其辞，则美成之美益彰。犹获昆山之片珍，琢其质而彰其文，岂不快夫人之心目也！因名之曰片玉集云"。可见"片玉"是集注本的名字。汲古阁本并非集注本，也题上这名字，实在不妥。 ④据胡适辑《词选》所考定。 ⑤南宋陈郁《藏一话腴》里说。 ⑥采用俞平伯的解释，见《剑鞘》第 232－234 页。 ⑦详见正文本词注释。 ⑧诗题是"过垂虹"。小红是他的歌妓。 ⑨也是张炎的话。 ⑩见所著《人间词话》。

目　录

周邦彦词

风 流 子

　　新绿小池塘，风帘动①，碎影舞斜阳。羡金屋去来，旧时巢燕，土花缭绕，前度莓墙。绣阁凤帏深几许？听得理丝簧。欲说又休，虑乖芳信②；未歌先咽，愁近清觞。

　　遥知新妆了，开朱户，应自待月西厢③。最苦梦魂，今宵不到伊行④。问甚时说与，佳音密耗，寄将秦镜⑤，偷换韩香⑥？天便教人，霎时厮见何妨。

----

　　①风帘：风中帘幕。谢朓《怨诗》："花丛随数蝶，风帘入双燕。"　　②乖：违误。芳信：期约的美称。刘元济《怨诗》："玉关芳信断，兰闺锦字新。"　　③唐元稹《会真记》记张生与崔莺莺恋爱事，崔与张诗有云："待月西厢下，迎风户半开。"④伊行：伊边也。　　⑤古传说秦始皇有一镜，具诸神奇。此处义不在此，第言馈镜以表情耳。　　⑥晋贾充女与韩寿相爱，尝窃家藏奇香与之。

华 胥 引

　　川原澄映，烟月冥濛，去舟如叶。岸足沙平，蒲根水冷

留雁嗥。别有孤角吟秋，对晓风鸣轧①。红日三竿，醉头②扶
起还怯。

离思相萦，渐看看鬓丝堪镊。舞衫歌扇，何人轻怜细阅？
点检从前恩爱，但凤笺盈箧。愁剪灯花，夜来和泪双叠。

----

①鸣轧：角声。　　　②醉头：言头脑犹带宿醉。

意　难　忘

衣染莺黄，爱停歌驻拍，劝酒持觞。低鬟蝉影动①，私
语口脂香。檐露滴，竹风凉。拚剧饮淋浪。夜渐深，笼灯就
月，子细端相。

知音见说无双，解移宫换羽②，未怕周郎③。长颦④知有
恨，贪要不成妆。些个事，恼人肠。试说与何妨？又恐伊寻
消问息，瘦减容光。

----

①低鬟：犹低首。蝉影：古代妇女两鬓薄如蝉翼的一种发
式称蝉鬓。元稹《会真人诗三十韵》："低鬟蝉影动，回步玉尘
蒙。"　　　②移宫换羽：宫、商、角、徵、羽是古代乐曲五音中
音调名，移宫换羽谓乐曲换调。　　　③吴周瑜精于音律，乐奏
有误，瑜必知之。故时人语曰："曲有误，周郎顾。"　　　④长
颦：长久地皱着眉头。梁简文帝《妾薄命十韵》："玉貌歇红脸，
长颦串翠眉。"

兰 陵 王
柳

柳阴直，烟里丝丝弄碧。隋堤上[1]，曾见几番，拂水飘绵送行色。登临望故国，谁识京华倦客？长亭路，年去岁来，应折柔条过千尺。

闲寻旧踪迹。又酒趁哀弦，灯照离席。梨花榆火催寒食[2]。愁一箭风快，半篙波暖，回头迢递[3]便数驿。望人在天北。

凄恻，恨堆积。渐别浦萦回，津堠[4]岑寂。斜阳冉冉春无极。念月榭携手，露桥闻笛。沉思前事，似梦里，泪暗滴。

---

①隋炀帝疏洛为河，抵江都，沿河筑堤种柳，谓之隋堤。　②《周礼》有云："春取榆柳之火。"《唐会要》云："清明取榆柳之火以赐近臣，顺阳气。"　③迢递：遥远貌。　④津堠：渡口上供瞭望用的土堡。堠（hòu）：古代瞭望敌情的土堡。

琐 窗 寒
寒食

暗柳啼鸦。单衣[1]伫立，小帘朱户。桐阴半亩，静锁一庭愁雨。洒空阶，夜阑未休，故人剪烛西窗语。似楚江暝宿，风灯零乱，少年羁旅[2]。

迟暮。嬉游处。正店舍无烟，禁城百五[3]。旗亭唤酒，付与高阳④俦侣。想东园桃李自春，小唇秀靥今在否？到归时，定有残英，待客携尊俎⑤。

------

①单衣：古代官吏的服装，或指朝服。　②羁旅：客居异乡。　③无烟：言寒食禁火。《荆楚岁时记》云："去冬节一百五日，即有疾风甚雨，谓之寒食禁火。"百五：即指"去冬节一百五日"。　④高阳：酒徒。《史记》："郦生踵军门上谒，使者出谢。郦生瞋目按剑叱曰："走！复入言沛公，吾高阳酒徒也，非儒人也。""　⑤尊俎：同樽俎，盛酒肉之器。此指一般饮酒工具。

隔浦莲近拍

中山县圃姑射亭避暑作

新篁摇动翠葆①。曲径通深窈。夏果收新脆。金丸落，惊飞鸟。浓翠迷岸草。蛙声闹。骤雨鸣池沼。

水亭小。浮萍破处，帘花檐影②颠倒。纶巾③羽扇，困卧北窗清晓。屏里吴山梦自到。惊觉。依然身在江表。

------

①篁（huáng）：泛指竹子。新篁：新生之竹。翠葆：形容草木青翠茂盛。　②帘花檐影：一本作"檐花帘影"。③纶（guān）巾：冠名，一名诸葛巾，以青丝缦为之。

苏 幕 遮

燎沉香①，消溽暑②。鸟雀呼晴，侵晓③窥檐语。叶上初阳干宿雨；水面清圆，一一风荷举。

故乡遥，何日去？家住吴门，久作长安④旅。五月渔郎相忆否？小楫轻舟，梦入芙蓉浦⑤。

----

①燎沉香：燎，烧，泛指延烧。沉香，亦称水沉、沉水，名贵的香料。　②溽（rù）暑：夏天潮湿闷热。　③侵晓：拂晓。　④长安：盖京师之代言也。　⑤芙蓉浦：植荷有岔湾可通河溪的港汊。

早梅芳

花竹深，房栊好。夜阒①无人到。隔窗寒雨，向壁孤灯弄余照。泪多罗袖重；意密莺声小。正魂惊梦怯，门外已知晓。

去难留，话未了。早促登长道。风披宿雾，露洗初阳射林表。乱愁迷远览；苦语萦怀抱。谩回头，更堪归路杳！

----

①阒（qù）：寂静。

蓦山溪

湖平春水，菱荇萦船尾。空翠入衣襟，拊轻桹①、游鱼惊避。晚来潮上，迤逦没沙痕；山四倚，云渐起，鸟度屏风里②。

周郎逸兴，黄帽侵云水③。落日媚沧洲，泛一棹、夷犹未已。玉箫金管，不共美人游。因个甚④，烟雾底，独爱莼羹美？

----

①桹（láng）：渔人结在船舷上敲击以驱鱼入网的长木棒。

②言山如屏风，鸟飞其前，宛入其中也。　　③《汉书》记邓通"以濯船为黄头郎"，颜注谓"刺船之郎皆着黄帽"。此处盖舟人之代言也。　　④因个甚：为何。

齐　天　乐

绿芜凋尽台城①路，殊乡又逢秋晚。暮雨生寒，鸣蛩劝织，深阁时闻裁剪。云窗静掩，叹重拂罗茵②，顿疏花簟。尚有练囊露萤，清夜照书卷③。

荆江留滞最久，故人相望处，离思何限。渭水西风，长安乱叶，空忆诗情宛转④。凭高眺远，正玉液新篘⑤，蟹螯初荐。醉倒山翁⑥，但愁斜照敛。

----

①台城：在今江苏南京北玄武湖侧。本吴后苑城，晋时修之，亦称宫城，宋、齐、梁、陈皆因为宫，与鸡鸣山相接。

②罗茵：丝织的被子。　　③练：稀夏布。晋车胤家贫不常得油，夏月则练囊盛数十萤火以照书。　　④贾岛诗云："秋风吹渭水，落叶满长安。"后人传为吕洞宾诗。　　⑤篘（chōu）：滤酒。　　⑥晋山简每置酒辄醉。儿童歌曰："山公出何许？往至高阳池。日日倒载归，酩酊无所知。"

荔枝香近

照水残红零乱，风唤去。尽日恻恻①轻寒，帘底吹香雾。黄昏客枕无憀②，细响当窗雨。□看两两相依燕新乳③。

楼下水，渐渌④遍行舟浦。暮往朝来，心逐片帆轻举。何日迎门，小槛朱笼报鹦鹉⑤，共剪西窗蜜炬？

----

①恻恻：轻寒貌。　②憀（liáo）：同"聊"。　③原本无□，从郑文焯校。　④渌（lù）：清澈。　⑤言所怀之人来也。

六丑

蔷薇谢后作

正单衣试酒，恨客里光阴虚掷。愿春暂留，春归如过翼①。一去无迹。为问花何在②，夜来风雨，葬楚宫倾国。钗钿堕处遗香泽。乱点桃蹊③，轻翻柳陌。多情为谁追惜？但蜂媒蝶使，时叩窗隔。

东园岑寂，渐蒙笼暗碧④。静绕珍丛底⑤，成叹息。长条故惹行客，似牵衣待话，别情无极。残英小，强簪巾帻⑥，终不似一朵，钗头颤袅⑦，向人欹侧。漂流处，莫趁潮汐。恐断红、尚⑧有相思字，何由见得？

----

①此处以经过的飞鸟喻春逝之迅速。　②以佳人喻花。

③桃蹊：指桃树下的小径。　　④言绿叶成阴。　　⑤珍丛：特指蔷薇花丛。　　⑥巾帻（zé）：头巾。　　⑦颤袅：轻微颤动，亦作"战袅"。　　⑧红：一本作"鸿"。尚：一本作"上"。

塞 垣 春

　　暮色分平野。傍苇岸，征帆卸。烟村极浦，树藏孤馆，秋景如画。渐别离气味①难禁也。更物象供潇洒②。念多才浑衰减，一怀幽恨难写。

　　追念绮窗人，天然自风韵娴雅。竟夕起相思，慢嗟怨遥夜。又还将两袖珠泪，沉吟向寂寥寒灯下。玉骨③为多感，瘦来无一把。

----

　　①气味：比喻情绪。　　②言万象呈露者，潇洒如许也。潇洒，亦作"萧洒"，意为凄清，凄凉。　　③玉骨：清秀的身架。

夜飞鹊

别情

　　河桥送人处，凉夜何其，斜月远堕余辉。铜盘烛泪已流尽，霏霏凉露沾衣。相将散离会，探风前津鼓，树杪参旗。花骢会意，纵扬鞭亦自行迟。

迢递路回清野，人语渐无闻，空带愁归。何意重红满地①，遗钿不见，斜径都迷。兔葵燕麦，向残阳、欲与人齐。但徘徊班草②，唏嘘酹酒③，极望天西。

----

①重红满地：一本作"重经前地"。　　②班草：犹言"班荆"，席草而坐也。　　③唏嘘（xī xū）：叹息声。酹（lèi）酒：以酒浇地。

满庭芳
夏日溧水无想山作

风老莺雏，雨肥梅子，午阴嘉树清圆。地卑山近，衣润费炉烟。人静乌鸢自乐，小桥外，新绿溅溅。凭栏久，黄芦苦竹，疑泛九江船①。

年年。如社燕，飘流瀚海，来寄修椽。且莫思身外，长近尊前②。憔悴江南倦客③，不堪听、急管繁弦。歌筵畔，先安簟枕，容我醉时眠。

----

①白居易左迁九江司马，作《琵琶行》有句云："住近湓江地低湿，黄芦苦竹绕宅生。"故言"疑泛九江船"也。　　②杜甫《绝句·漫兴》有句云："莫思身外无穷事，且尽生前有限杯。"　　③作者为钱塘人，故自称"江南倦客"。

花　犯

咏梅

　　粉墙低，梅花照眼，依然旧风味。露痕轻缀，疑净洗铅华，无限佳丽。去年胜赏曾孤倚，冰盘同宴喜①。更可惜雪中高树，香篝薰素被②。

　　今年对花最匆匆，相逢似有恨，依依愁悴。吟望久，青苔上，旋看飞坠。相将见脆丸荐酒③，人正在，空江烟浪里，但梦想一枝潇洒，黄昏斜照水。

----

　　①言冰盘荐梅实也。　　②篝：薰衣器。此喻梅花。素被：喻压花之雪也。　　③相将：不久。脆丸：代指青梅。

大　酺

春雨

　　对宿烟①收，春禽静，飞雨时鸣高屋。墙头青玉旆②，洗铅霜都尽，嫩梢相触。润逼琴丝，寒侵枕障，虫网吹粘帘竹。邮亭无人处，听檐声不断，困眠初熟。奈愁极顿惊，梦轻难记，自怜幽独。

　　行人归意速。最先念、流潦妨车毂③。怎奈向兰成憔悴④，卫玠清羸⑤，等闲时易伤心目。未怪平阳客⑥，双泪落，笛中哀曲。况萧索、青芜国⑦；红糁⑧铺地，门外荆桃如菽。

夜游共谁秉烛？

----

①宿烟：隔夜的烟雾。　②斾（pèi）：古代旗帜周边下垂的状如燕尾垂旒。　③流潦（liǎo）：路上的积水。毂（gǔ）：车轮中心的圆木。　④后周庾信，小字兰成，常有乡关之思，作《哀江南赋》，又作《恨赋》。"憔悴"指此也。⑤晋卫玠，美姿容而有羸疾，卒时年二十七，人谓"看杀卫玠"。　⑥平阳客：言汉马融也。融作《长笛赋》，自序曰："……性好音，能鼓琴吟笛。而为督邮，无留事，独卧郿平阳坞中。有洛客舍逆旅，吹笛为《气出精列》相和。融去京师踰年，暂闻甚悲……作《长笛赋》"。　⑦青芜国：杂草丛生的草地。⑧红糁（sǎn）：红色的碎米粒。比喻落花。

应天长

寒食

　　条风①布暖，霏雾弄晴，池塘②遍满春色。正是夜堂无月，沉沉③暗寒食。梁间燕，前社客④，似笑我，闭门愁寂。乱花过，隔院芸香⑤，满地狼藉。

　　长记那回时，邂逅相逢，郊外驻油壁。又见汉宫传烛，飞烟五侯宅⑥；青青草，迷路陌。强载酒，细寻前迹；市桥远，柳下人家，犹自相识。

----

①条风：东风也。　②池塘：一本作"池台"。　③沉沉：此为昏暗貌。　④燕以春社时来，故云。　⑤芸香：

香草名。夏季开黄花，花叶香气浓郁。可驱书虫。 ⑥唐韩愈《寒食》诗云："春城无处不飞花，寒食东风御柳斜。日暮汉宫传蜡烛，轻烟散入五侯家。"

玉 楼 春

当时携手城东道，月堕檐牙人睡了。酒边谁使客愁轻，帐底不教春梦到。

别来人事如秋草，应有吴霜侵翠葆①。夕阳深锁绿杨门②，一任卢郎愁里老③。

----

①翠葆：绿竹。 ②绿杨：一本作"绿苔"。
③宋钱易《南部新书》载有卢姓者年暮为校书郎，其妻崔讽以诗曰："不怨檀郎年岁大，不怨檀郎官职卑，自恨妾身生较晚，不见卢郎年少时。"

又

大堤花艳惊郎目①，秀色秾华看不足。休将宝瑟写幽怀，坐上有人能顾曲。

平波落照涵赪玉，画舸亭亭浮澹渌。临分何以祝深情？只有别愁三万斛。

----

①梁武帝《襄阳歌》云："大堤诸女儿，花艳惊郎目。"

又

玉奁收起新妆了，鬓畔斜枝红袅袅。浅颦轻笑百般宜，
试着春衫应更好。

裁金簇翠天机巧，不称野人簪破帽。满头聊作片时狂，
顿减十年尘土貌。

又

桃溪不作从容住，秋藕绝来无续处。当时相候赤栏桥①，
今日独寻黄叶路。

烟中列岫②青无数，雁背夕阳红欲暮。人如风后入江云，
情似雨余黏地絮。

----

①宋孙光宪《北梦琐言》曰："唐李匡威少年好勇，曾一日
与诸游侠辈钓于桑乾赤栏桥之侧，自以酒祝之曰：'吾若有幽州节
制分，则获大鱼。'果钓鱼长三尺，人甚异之焉。"相候赤栏桥：
《草堂》作"无奈鸟声哀"。　　②列岫（xiù）：排列的远山。谢
朓《郡内高斋闲望答吕法曹》："窗中列远岫，庭际俯乔林。"

伤情怨

枝头风势渐小，看暮鸦飞了。又是黄昏，闭门收返照。

江南人去路杳，信未通、愁已先到。怕见孤灯，霜寒催
睡早。

木 兰 花
暮秋饯别

郊原雨过金英①秀，风拂霜威寒入袖。感君一曲断肠歌，劝我十分和泪酒。

古道尘清榆柳瘦，系马邮亭人散后。今宵灯尽酒醒时，可惜朱颜成皓首。

----

①金英：菊花。

秋 蕊 香

乳鸭池塘水暖。风紧柳花迎面。午妆粉指印窗眼，曲里长眉翠浅。

问知社日停针线，探新燕①。宝钗落枕梦魂远，帘影参差满院。

----

①新燕：春时初来的燕子。

玉 团 儿

铅华淡伫新妆束，好风韵天然异俗。彼此知名，虽然初见，情分先熟。

炉烟淡淡云屏曲，睡半醒生香透肉。赖得相逢，若还虚过，生世不足。

丑奴儿

咏梅

肌肤绰约真仙子，来伴冰霜。洗尽铅黄，素面初无一点妆。

寻花不用持银烛，暗里闻香。零落池塘，分付余妍与寿阳。①

- -

①南朝宋武帝女寿阳公主人日卧于含章殿檐下，梅花落于额上，成五出之花，号为"梅花妆"。

感皇恩

小阁倚晴空，数声钟定。斗柄垂寒暮天静。朝来残酒，又被春风吹醒。眼前犹认得，当时景。

往事旧欢不堪重省。自叹多愁更多病。绮窗依旧，敲遍阑干谁应？断肠明月下，梅摇影。

渔家傲

灰暖香融消永昼，葡萄架上春藤秀，曲角栏干群雀斗。

清明后，风梳万缕亭前柳。

日照钗梁光欲溜，循阶竹粉沾衣袖，拂拂面红如着酒①。沉吟久，昨宵正是来时候。

------

①拂拂：肌肤红润貌。如：一本作"新"。

又

几日轻阴①寒恻恻，东风急处花成积。醉踏阳春怀故国，归未得。黄鹂久住如相识。

赖有蛾眉能暖②客，长歌屡劝金杯侧。歌罢月痕来照席，贪欢适。帘前重露成涓滴。

------

①轻阴：微阴的天色。　　②暖：一本作"缓"。

定 风 波

莫倚能歌敛黛眉，此歌能有几人知！他日相逢①花月底，重理，好声须记得来时。

苦恨城头更漏永，无情岂解惜分飞！休诉金尊推玉臂，从醉，明朝有酒遣谁持？

------

①相逢：《雅词》作"风前"。

蝶 恋 花
早行

月皎惊乌栖不定。更漏将残，辘轳牵金井①。唤起两眸清炯炯，泪花落枕红绵冷。

执手霜风吹鬓影，去意徊徨，别语愁难听。楼上栏干横斗柄②，露寒人远鸡相应。

----

①辘轳：井上汲水的起重装置，此句言已有人早起汲水。
②栏干：横斜貌。斗柄：北斗之柄。斗柄横斜，谓拂晓时分。

又

鱼尾霞生明远树。翠壁黏天，玉叶迎风举。一笑相逢蓬海路，人间风月如尘土。

剪水双眸云鬓吐。醉倒天风，笑语生青雾。此会未阑须记取，桃花几度吹红雨？

又

叶底寻花春欲莫①。折遍柔枝，满手真珠露。不见旧人空旧处，对花惹起愁无数。

却倚栏干吹柳絮。粉蝶多情，飞上钗头住。若遣郎身如蝶羽，芳时争肯抛人去？

----

①莫：通"暮"。

少 年 游 ①

并刀②如水，吴盐胜雪③，纤手破新橙。锦幄初温，兽香不断④，相对坐调笙。

低声问"向谁行宿⑤？城上已三更，马滑霜浓，不如休去，直是少人行⑥。"

①宋徽宗至妓女李师师家，周邦彦先在，闻帝至，遂匿床下。帝自携新橙一颗，云江南初进来者。遂与师师谑语，邦彦悉闻之，隐括成此词。　②杜甫诗句云："焉得并州快剪刀。"③李白诗句云："吴盐如花皎如雪。"　④兽香：香炉作兽形，烟自兽口出。　⑤谁行：谁家，谁那里。　⑥直是：即使。此句谓即使有夜行人也很稀少。

又

檐牙缥缈小倡楼①，凉月挂银钩。聒席②笙歌，透帘灯火，风景似扬州③。

当时面色欺春雪，曾伴美人游。今日重来，更无人问，独自倚栏愁。

①缥缈：高远隐约貌。倡楼：歌女住地，指妓院。梁简文帝《执笔戏书诗》："舞女及燕姬，倡楼复荡妇。"　②聒（guō）席：通宵饮酒，管弦齐作。亦作"聒帐"。《春明退朝录》："终日沉饮，听郑卫之声，与胡乐合奏，自昏彻旦，谓之聒帐。"

③杜牧诗句云："春风十里扬州路，卷上珠帘总不如。"

又

荆州作

南都石黛扫晴山①，衣薄耐②朝寒。一夕东风，海棠花谢，楼上卷帘看。

而今丽日明如洗，南陌暖雕鞍。旧赏园林，喜无风雨，春鸟报平安。

----

①扫晴山：画成远山眉。　　②耐：同"奈"，此处意为"可受得住，可受得起"。

又

雨后

朝云漠漠散轻丝①，楼阁淡春姿。柳泣花啼，九街②泥重，门外燕飞迟。

而今丽日明金屋，春色在桃枝。不似当时，小桥冲雨③，幽恨两人知。

----

①漠漠：迷蒙貌。轻丝：细雨。　　②九街：那九逵，九交道也。此处泛指大道。　　③冲雨：冒雨。

解 连 环

怨别

怨怀无托，嗟情人断绝，信音辽邈。信妙手、能解连环①，似风散雨收，雾轻云薄。燕子楼空②，暗尘锁、一床弦索。想移根换叶，尽是旧时，手种红药③。

汀洲渐生杜若。料舟移④岸曲，人在天角。谩记得，当日音书，把闲语闲言，待总烧却。水驿春回，望寄我，江南梅萼⑤。拚今生对花对酒，为伊泪落。

----

①《战国策》：始皇遗齐君王后玉连环，曰："齐多智也，解此环否？"以示群臣，群臣不知解。君王后引椎，椎破之，谢秦使曰："谨以解矣。"信：一本作"纵"。　②唐名妓关盼盼善歌舞，雅多风态，张尚书纳之。尚书没，独居彭城故燕子楼，历十五年不嫁；后旬日不食而死。　③红药：芍药的别称，以扬州最盛。　④移：一本作"依"。　⑤吴陆凯与范晔善，自江南寄梅花诣长安与晔，赠诗云："折梅逢驿使，寄与陇头人。江南无所有，聊赠一枝春。"

玲珑四犯

秾李①夭桃，是旧日潘郎，亲试春艳。自别河阳②，长负露房烟脸③。憔悴鬓点吴霜，细念想梦魂飞乱。叹画栏玉砌都换，才始有缘重见。

夜深偷展香罗荐，暗窗前醉眠葱茜④。浮花浪蕊都相识，谁更曾抬眼。休问旧色旧香，但认取芳心一点。又片时一阵风雨恶，吹分散。

------

①秾李：华美的李花。　　②晋潘岳为河阳令，多栽桃李，人号曰"河阳一县花"。　　③露房烟脸：言花容也。　　④葱茜：此指草木葱郁茂盛。王廙《春可乐》："野晖赫以挥绿，山葱茜以发苍。"

丹　凤　吟

迤逦春光无赖，翠藻翻池，黄蜂游阁。朝来风暴，飞絮乱投帘幕。生憎暮景，倚墙临岸，杏靥夭邪①，榆钱轻薄。昼永惟思傍枕，睡起无憀②，残照犹在庭角。

况是别离气味，坐来但觉心绪恶。痛引浇愁酒，奈愁浓如酒，无计消铄。那堪昏暝，簌簌半檐花落③。弄粉调朱柔素手，问何时重握？此时此意，长怕人道着。

------

①生憎：犹云偏憎、最憎。夭邪：同"夭斜"，袅娜多姿貌。　　②憀（liáo）：通"聊"。周邦彦《荔枝香近》："黄昏客枕无憀，细想当窗语。"　　③杜甫《醉时歌》有句云："清夜沉沉动春酌，灯前细雨檐花落。"

忆 旧 游

记愁横浅黛，泪洗红铅，门掩秋宵。坠叶惊离思，听寒螀①夜泣，乱雨潇潇。凤钗半脱云鬓，窗影烛光摇。渐暗竹敲凉，疏萤照晚，两地魂消。

迢迢。问音信，道径底花阴，时认鸣镳②。也拟临朱户，叹因郎憔悴，羞见郎招③。旧巢更有新燕，杨柳拂河桥。但满目京尘，东风竟日吹露桃。

----

①寒螀（jiāng）：即寒蝉，蝉的一种。　②言行骑经过也。鸣镳（biāo）：马衔铁，借指乘骑。　③元稹《会真记》崔氏与张生诗曰："自从别后减容光，万转千回懒下床；不为旁人羞不见，为郎憔悴却羞郎。"

木兰花令

歌时宛转饶风措，莺语清圆啼玉树。断肠归去月三更，薄酒醒来愁万绪。

孤灯翳翳昏如雾①，枕上依稀闻笑语。恶嫌春梦不分明，忘了与伊相见处。

----

①翳翳（yì）：昏暗的样子。杜甫《成都府》："翳翳桑榆日，照我征衣裳。"

蓦　山　溪

　　楼前疏柳，柳外无穷路。翠色四天垂，数峰青、高城阔处。江湖病眼，偏向此山明，愁无语。空凝伫，两两昏鸦去。

　　平康巷陌①，往事如花雨。十载却归来，倦追寻、酒旗戏鼓。今宵幸有，人似月婵娟，霞袖举。杯深注，一曲《黄金缕》。

----

　　①唐时长安有平康坊，妓女所居之地也。

关　河　令

　　秋阴时作渐向暝①，变一庭凄冷。伫听寒声，云深无雁影。

　　更深，人去，寂静。但照壁、孤灯相映。酒已都醒，如何消夜永？

----

　　①作：一本作"晴"。向暝：临晚。

万　里　春

　　千红万翠，簇定清明天气。为怜他种种清香，好难为不醉。

我爱深如你；我心在个人心里。便相看老却春风，莫无
些欢意。

解蹀躞

秋思

候馆①丹枫吹尽，面旋②随风舞。夜寒霜月，飞来伴孤
旅。还是独拥秋衾，梦余酒困都醒③，满怀离苦。

甚情绪！深念凌波微步④，幽房暗相遇。泪珠都作，秋
宵枕前雨。此恨音驿⑤难通，待凭征雁归时，带将愁去。

------

①候馆：供瞭望的小楼，后泛指接待过往官员或外国使者
的驿馆。　　②面旋：喻落花徘徊飞旋貌，宋时常用语。欧阳
修《蝶恋花》："面旋落花飞荡漾，柳重烟深，雪絮飞来往。"
③言梦醒醉解也。　　④凌波微步：曹植《洛神赋》中状洛神
之语。　　⑤音驿：书信传递。

六幺令

重阳

快风收雨，亭馆清残燠①。池光静横秋影，岸柳如新
沐②。闻道宜城酒美，昨日新醅③熟。轻镳④相逐。冲泥策马，
来折东篱半开菊⑤。

华堂花艳对列，一一惊郎目⑥。歌韵巧共泉声，间杂琮
琤玉。惆怅周郎已老，莫唱当时曲。幽欢难卜。明年谁健，

更把茱萸再三嘱⑦。

----

①残燠（yù）：余热。权德舆《侍从游后湖宴坐》："宿雨荡残燠，惠风与之俱。"　②此句喻垂柳为发丝，故云"新沐"。　③新醅（pēi）：新酿的酒。　④镳（biāo）：马衔。⑤陶潜《杂诗》云："采菊东篱下，悠然见南山。"　⑥梁武帝《襄阳歌》云："大堤诸女儿，花艳惊郎目。"　⑦《续齐谐记》载费长房告桓景九月九日有灾，宜令家人作囊盛茱萸系臂以避之。九日登高佩茱萸本此。杜甫诗云："明年此会知谁健，醉把茱萸子细看。"

满 路 花

帘烘泪雨干①，酒压愁城破。冰壶②防饮渴，培残火③。朱消粉退，绝胜新梳裹。不是寒宵短，日上三竿，殢④人犹要同卧。

如今多病，寂寞章台左。黄昏风弄雪，门深锁。兰房密爱，万种思量过。也须知有我。着甚情悰，你但忘了人呵！

----

①泪雨：烛泪。意调帘内灯火通明，照耀如昼，烛泪由此而干。　②冰壶：喻壶之洁如冰。　③拨残火使保温。④殢（tí）：纠缠不清。

尉迟杯

离别

隋堤路①。渐日晚，密霭生深树。阴阴淡月笼沙，还宿河桥深处。无情画舸，都不管，烟波隔南浦②。等行人，醉拥重衾，载将离恨归去。

因念旧客京华，长偎傍，疏林小槛欢聚。冶叶倡条③俱相识，仍惯见珠歌翠舞。如今向，渔村水驿，夜如岁，焚香独自语。有何人，念我无聊④？梦魂凝想鸳侣。

----

①隋炀帝疏洛为河，抵江都，沿河筑堤种柳，谓之隋堤。
②南浦：送别之地。　③冶叶倡条：本言杨柳枝叶婀娜多姿，此言歌妓也。　④见《丹凤吟》注②。

庆春宫

悲秋

云接平冈，山围寒野，路回渐转孤城。衰柳啼鸦，惊风驱雁，动人一片秋声。倦途休驾①，淡烟里，微茫见星。尘埃憔悴，生怕黄昏，离思牵萦。

华堂旧日逢迎，花艳②参差，香雾飘零。弦管当头，偏怜娇凤，夜深簧暖笙清。眼波传意，恨密约、匆匆未成。许多烦恼，只为当时，一晌留情。

----

①休驾：谓使车马停歇。　　②花艳：言歌妓也。

满江红

春阁

昼日移阴，揽衣起，春帷①睡足。临宝鉴，绿云撩乱，未忺②妆束。蝶粉蜂黄都褪了，枕痕一线红生肉③。背画栏，脉脉悄无言④，寻棋局。

重会面，犹未卜，无限事，萦心曲。想秦筝依旧，尚鸣金屋。芳草连天迷远望，宝香薰被成孤宿。最苦是，蝴蝶满园飞，无心扑。

----

①春帷：闺中帷帐。　　②忺（xiān）：高兴，适意。
③红生肉：一本作"红生玉"。皮肤白里透红并有光泽。
④悄：一本作"尽"。

西河

金陵怀古

佳丽地，南朝盛事谁记？山围故国①绕清江，髻鬟②对起，怒涛寂寞打孤城，风樯遥度天际。

断崖树，犹倒倚；莫愁艇子曾系③。空余旧迹郁苍苍，雾沉半垒④。夜深月过女墙来，赏心东望淮水④。

酒旗戏鼓甚处市？想依稀、王谢邻里⑤。燕子不知何世，入寻常巷陌人家，相对如说兴亡，斜阳里。

----

①刘禹锡《金陵诗》云："山围故国周遭在，潮打孤城寂寞回。淮水东边旧时月，夜深还过女墙来。"　②髻鬟：状青山也。　③莫愁：古女子，善歌谣。乐府诗云："莫愁在何处？住在石城西。艇子折两桨，催送莫愁来。"　④垒：营垒。

⑤王谢：皆晋世豪贵之族，所居在金陵，名乌衣巷。刘禹锡《乌衣巷》诗云："朱雀桥边野草花，乌衣巷口夕阳斜。旧时王谢堂前燕，飞入寻常百姓家。"

一寸金

江路

州夹苍崖，下枕江山是城郭。望海霞接日，红翻水面，晴风吹草，青摇山脚。波暖凫鹥作①。沙痕退，夜潮正落。疏林外，一点炊烟，渡口参差正寥廓。

自叹劳生，经年何事②，京华信漂泊。念渚蒲汀柳，空归闲梦，风轮雨楫，终爽前约。情景牵心眼，流连处，利名易薄。回头谢、冶叶倡条，便入渔钓乐。

----

①凫鹥（fú yì）：泛指水鸟。《诗经·大雅·凫鹥》："凫鹥在泾，公尸来燕来宁。"　②劳生：辛苦的一生。经年：年复一年。

瑞　鹤　仙

悄郊原带郭①。行路永，客去车尘漠漠。斜阳映山落，敛余红②，犹恋孤城栏角。凌波步弱③，过短亭，何用素约④？有流莺劝我，重解绣鞍，缓引春酌。

不记归时早暮，上马谁扶，醒眠朱阁⑤。惊飙⑥动幕，扶残醉，绕红药。叹西园，已是花深无地⑦，东风何事又恶！任流光过郤。⑧犹喜洞天自乐。

- - - - - - - - - - - - - - - - - - - -

①带郭：绕城外郭。郭：外城，古代在城的外围加筑的一道城墙。皎然《寻陆鸿渐不遇》："移家虽带郭，野径入桑麻。"②余红：犹余晖。　③凌波步弱：足力不任。　④素约：旧约。　⑤言酒醉被扶归，醒来知眠妓所也。　⑥惊飙(biāo)：突发的暴风。曹植《吁嗟篇》："惊飙接我出，故归彼中田。"　⑦无地：因花枝浓密而看不见地面。　⑧过郤(xì)：喻时光短暂，光阴易逝。《庄子·知北游》："人生天地之间，若白驹之过郤，忽然而已。"陆德明释义："郤，本亦作隙。隙，孔也。"

浪淘沙慢
恨别

晓阴①重，霜凋岸草，雾隐城堞②。南陌脂车③待发。东门帐饮④乍阕。正拂面、垂杨堪揽结。掩红泪，玉手亲折。念汉浦离鸿去何许，经时⑤信音绝。

　　情切。望中地远天阔。向露冷风清，无人处，耿耿⑥寒漏咽。嗟万事难忘，惟是轻别。翠尊未竭。凭断云留取，西楼残月。罗带光消纹衾叠。连环解，旧香顿歇。怨歌永，琼壶敲尽缺⑦。恨春去，不与人期；弄夜色，空余满地梨花雪。

----

　　①晓阴：清晨云气。　　②城堞（dié）：泛指城墙。古代打土墙，五板称"堵"，五堵称"雉"，五雉称"堞"。　　③脂车：古代车子轮轴上涂上油脂，以得远行。　　④帐饮：道上设帐饯别。　　⑤经时：经历了很长一段时间。　　⑥耿耿：明亮貌。　　⑦晋王敦酒后，辄咏魏武乐府："老骥伏枥，志在千里；烈士暮年，壮心不已。"以如意击唾壶为节，壶口尽缺。

南 乡 子

　　晨色动妆楼，短烛荧荧悄未收。自在①开帘风不定，飕飗②。池面冰澌③趁水流。

　　早起怯梳头，欲挽云鬟又却休。不会沉吟思底事，凝眸。两点春山④满镜愁。

----

　　①自在：安静貌。　　②飕飗（sōu liú）：象形词，风声。③冰澌：解冻时流动的水。　　④春山：眉之代称。

又

拨燕巢

轻软舞时腰，初学吹笙苦未调。谁遣有情知事早？相撩。暗举罗巾远见招①。

痴騃②一团娇。自折长条拨燕巢。不道有人潜看着，从教。掉下鬓心③与凤翘。

------

①见招：犹言"相招"，邀请。　②痴騃（ái）：此言幼稚娇憨。騃：愚，呆。　③鬓心：鬓鬓的顶心。

浣 溪 沙

不为萧娘旧约寒，何因容易别长安？预愁①衣上粉痕干。

幽阁深沉灯焰喜②，小垆③邻近酒杯宽。为君门外脱归鞍。

------

①预愁：谓在忧愁之中。　②俗谓灯花爆则有喜。
③垆：古时酒店里安放酒瓮的炉形土台子。

又

薄薄纱幮望似空，簟纹如水浸芙蓉。起来娇眼未惺忪。

强整罗衣抬皓腕，更将纨扇掩酥胸。羞郎何事面微红。

又

争挽桐花①两鬓垂，小妆弄影照清池。出帘踏袜趁蜂儿。跳脱②添金双腕重，琵琶破拨四弦悲。夜寒谁肯剪春衣？

----

①桐花：古时女子发髻之一。　　②跳脱：腕钏也。

又

雨过残红湿未飞，珠帘一行透斜晖。游蜂酿蜜窃香归。金屋无人风竹乱，衣篝尽日水沉微①。一春须有忆人时。

----

①篝：薰衣之笼，竹制。水沉：沉香所生的烟或香气。

又

楼上晴天碧四垂，楼前芳草接天涯。劝君莫上最高梯①。新笋已②成堂下竹，落花都上③燕巢泥。忍听林表杜鹃啼！

----

①因登高而思游人，故云。　　②已：毛本作"看"。
③上：毛本作"入"。

又

日薄尘飞官路平，眼前喜见汴河倾。地遥人倦莫兼程。下马先寻题壁字，出门闲记榜村名。早收灯火梦倾城。

又

贪向津亭拥去车，不辞泥雨溅罗襦。泪多脂粉了无余。

酒酽未须令客醉，路长终是少人扶。早教幽梦到华胥[①]。

---

①黄帝昼寝而梦游于华胥氏之国，其国无帅长，其民无嗜欲。见《列子》。

点 绛 唇

辽鹤归来[①]，故乡多少伤心地。寸书不寄，鱼浪空千里。

凭仗桃根[②]，说与凄凉意。愁无际，旧时衣袂，犹有东门泪[③]。

---

①《搜神后记》载丁令威学道成仙，后化鹤归辽，集华表柱云："有鸟有鸟丁令威，去家千年今始归；城郭如故人民非。何不学仙冢累累！"　　②桃根：为王献之爱妾桃叶之妹，此处指所怀念者之妹也。　　③言别泪也。汉疏广疏受辞官归，公卿大夫故人邑子设祖道，供帐东都门外。

又

征骑初停，酒行莫放离歌举。柳汀烟浦，看尽江南路。

苦恨斜阳，冉冉催人去。空回顾，淡烟横素，不见扬鞭处。

又

台上披襟，快风一瞬收残雨。柳丝轻举，蛛网黏飞絮。
极目平芜，应是春归处。愁凝伫，楚歌声苦，村落黄昏鼓。

夜游宫

秋暮晚景

叶下斜阳照水，卷轻浪、沉沉千里。桥上酸风射眸子。
立多时，看黄昏、灯火市。

古屋寒窗底，听几片、井桐飞坠。不恋单衾再三起。有
谁知。为"萧娘"①、书一纸？

----

①唐杨巨源《崔娘诗》云："风流才子多春思，肠断'萧
娘'一纸书。"此"萧娘"盖女子之泛称也。

一 落 索

眉共春山争秀，可怜长皱。莫将清泪湿花枝，恐花也、
如人瘦。

清润玉箫闲久，知音稀有。欲知日日倚栏愁，但问取、
亭前柳①。

----

①柳多垂丝，丝，谐"恩"，故云。

又

杜宇思归声苦，和春催去。倚栏一霎酒旗风，任扑面、桃花雨。

目断陇云①江树，难逢尺素。落霞隐隐日平西，料想是、分携处。

----

①陇云：陇首之云。陇首，山名，在今甘肃、陕西交界处。

迎春乐

携妓

人人①花艳明春柳，忆筵上、偷携手。趁歌停、舞罢来相就。"醒醒个，无些酒。"②

比目香囊新刺绣，连隔坐、一时薰透。为甚月中归，长是他、随车后？

----

①人人：犹言"个人"，而意较昵。　　②此"个"字当今语"罢"。无些酒：言无多酒也。

虞美人

灯前欲去仍留恋，肠断朱扉远。未须红雨①洗香腮，待得蔷薇花谢、便归来。

舞腰歌板闲时按，一任旁人看。金炉应见旧残煤，莫使恩情容易、似寒灰。

----

①红雨：女子之泪。

又

廉纤①小雨池塘遍，细点看萍面。一双燕子守朱门，比似寻常时候、易黄昏。

宜城酒泛浮香②絮，细作更阑语。相将羁思③乱如云，又是一窗灯影、两愁人。

----

①廉纤：细小，微小。　　②香：一本作"春"。　　③羁思：行旅的怀思。

又

疏篱曲径田家小，云树开清①晓。天寒山色有无中，野外一声钟起、送孤蓬。

添衣策马寻亭堠②，愁抱惟宜酒。菰蒲睡鸭占陂塘③，纵被行人惊散、又成双。

----

①清：一本作"秋"。　　②亭堠（hòu）：古代侦察、瞭望以防敌盗来侵的亭子。　　③菰（gū）蒲：菰和蒲，泛指水生植物。陂（bēi）：池塘、湖泊。

红 窗 迥

几日来、真个醉。不知道窗外，乱红已深半指。花影被、风摇碎。拥春酲乍起①。

有个人人、生得济楚②，来向耳畔，问道"今朝醒未?"情性儿、慢腾腾地，恼得人又醉。

----

①酲（chéng）：醉酒而神志不清。　　②人人：意同"人"而较昵。济楚：原意为干净整齐，通作"齐楚"，后转为漂亮，美妙之意。

姜 夔 词

小重山令
赋潭州①红梅

人绕湘皋②月坠时。斜横花树小，浸愁漪③。一春幽事有谁知？东风冷，香远茜裙归。

鸥④去昔游非，遥怜花可可，梦依依。九疑云杳断魂啼，相思血，都沁绿筠枝⑤。

----

①潭州：今湖南长沙市。　　②湘皋：湘江岸边。皋：近水的高地。　　③浸愁漪：谓梅枝浸泡入含愁的波漪中。④鸥：言"盟鸥"，旧侣之代言也。　　⑤九疑山，在今湖南宁远县南六十里，舜所葬处。相传舜之二妃哭舜极哀，故想像潭州红梅即其血泪所染也。

江 梅 引

丙辰之冬，予留梁溪，将诣淮而不得，因梦思以述志。

人间离别易多时。见梅枝，忽相思。几度小窗幽梦手同携。今夜梦中无觅处，漫徘徊，寒浸被，尚未知。

湿红恨墨①浅封题。宝筝空，无雁飞。俊游巷陌，算空有，古木斜晖。旧约扁舟②，心事已成非。歌罢淮南春草赋，又萋萋③；漂零客，泪满衣。

----

①湿红恨墨：言湿透红笺，充满离恨的墨迹。晏几道《思远人》："泪弹不尽当窗滴，就砚旋研墨。渐写到别来，此情深处，红笺为无色。"　②传说范蠡既雪会稽之耻，乃乘扁舟，载西施，浮于江湖。　③汉淮南王刘安作《招隐士赋》，有云"王孙游兮不归，春草生兮萋萋"。

莺声绕红楼

甲寅春，平甫与予自越来吴，携家妓观梅于孤山之西村①，命国工吹笛，妓皆以柳黄为衣。

十亩梅花作雪飞，冷香下、携手多时。两年不到断桥西②，长笛为予吹。

人妒垂杨绿，春风为染作仙衣。垂杨却又妒腰肢，近前舞丝丝。

----

①孤山：在杭州西湖，耸立于里外二湖之间。西村：周密《武林旧事》："西陵桥又名西林桥，又名西冷桥，又名西村。"②断桥：西湖上桥也，在孤山东。

好事近
赋茉莉

凉夜摘花钿，苒苒①动摇云绿②。金络一团香露，正纱厨③人独。

朝来碧缕放长穿④，钗头挂层玉。记得如今时候，正荔枝初熟。

----

①苒苒：形容花叶柔细。　　②云绿：言发鬓也。

③纱厨：指纱帐。司空图《五官》："尽日无人只高眠，一双白鸟隔纱厨。"　　④言花放也。穿：串也。

点绛唇
丁未冬过吴松①作

燕雁无心，太湖②西畔随云去。数峰清苦，商略③黄昏雨。

第四桥④边，拟共天随⑤住。今何许⑥？凭阑怀古，残柳参差舞。

----

①吴松：太湖支流之最大者。自湖东北瓜泾口由西向东在今上海黄浦公园北侧外自渡桥以东汇入黄浦江入海。即今吴江。

②太湖：跨江苏、浙江两省之大湖。　　③商略：商量、酝酿。

④第四桥：乾隆《苏州府志》："甘泉桥一名第四桥，以泉品居

第四也。"　　⑤天随子，唐陆龟蒙别号。龟蒙居松江甫里，常乘舟设篷席，安置束书茶灶笔床钓具，游放江湖间。甫里今名甪（lù）直镇，属江苏苏州。　　⑥何许：何处、何时。

少年游

戏平甫①

双螺未合，双蛾先敛②，家在碧云西。别母情怀，随郎滋味，桃叶渡江时③。

扁舟载了，匆匆归去，今夜泊前溪。杨柳津头，梨花墙外，心事两人知。

------

①平甫：即张鉴，字平甫，白石好友。《齐东野语》载二人"十年相处，情甚骨肉"。　　②螺：髻也。蛾：眉也。③桃叶：晋王献之之爱妾，献之尝临渡歌以送之。

鹧鸪天

丁巳元日

柏绿椒红①事事新，隔篱灯影贺年人。三茅钟动西窗晓②，诗鬓无端又一春。

慵对客，缓开门，梅花闲伴老来身。娇儿学作人间字，"郁垒神荼"③写未真。

------

①柏绿：柏酒呈绿色，古代风俗，以柏叶浸酒，元旦共饮

以祈寿。椒红：用椒实泡酒，色发红。　　②三茅钟：《咸淳临安志》："宁寿观在七宝山，本三茅堂。"陆游《纵笔》："三茅钟残窗欲明。"　　③郁垒神荼：二神名，简阅鬼之不循理者，执以饲虎。故俗以为门神，新年书其名贴之。

又

正月十一日观灯

巷陌风光纵赏时，笼纱①未出马先嘶。白头居士无呵殿②，只有乘肩小女③随。

花满市，月侵衣，少年情事老来悲。沙河塘④上春寒浅，看了游人缓缓归。

----

①笼纱：灯笼。　　②谓古代官员出行，仪卫前呵后殿，喝令行人让道，此处指仪仗队伍或随从人员。　　③乘肩小女：指坐在肩头上的小女儿。黄庭坚《陈留市隐》："乘肩娇小女，邂逅此生同。"　　④沙河塘：在杭州城南百里，是当时钱塘繁胜之地。

又

元夕不出

忆昨天街①预赏时，柳悭②梅小未教知。而今正是欢游夕，却怕春寒自掩扉。

帘寂寂，月低低，旧情惟有绛都词③。芙蓉④影暗三更后，卧听邻娃笑语归。

----

①天街：京城的街道。　　②柳悭：形容柳叶未开。悭：
吝惜。③绛都词：《绛都春》为词牌名，《词律》《词谱》均载
录。　　④芙蓉：花灯。

又

元夕有所梦

肥水①东流无尽期，当初不合种相思。梦中未比丹青见，
暗里忽惊山鸟啼。

春未绿，鬓先丝，人间别久不成悲。谁教岁岁红莲夜②，
两处沉吟各自知。

----

①肥水：源出安徽合肥西北，分东西两支，东流经合肥入巢
湖，西流经寿县入淮。　　②红莲夜：指元夕。红莲，指花灯。

又

十六夜出

辇路①珠帘两行垂，千枝银烛舞僛僛②。东风历历红楼
下，谁识三生杜牧之③？

欢正好，夜何其？明朝春过小桃枝。鼓声渐远游人散，
惆怅归来有月知。

----

①辇路：指京城中天子驾车常经过的大道。唐文宗《宫中

题》："辇路生春草，上林花满枝。" ②傲傲（qī）：醉舞貌。
③作者以杜牧自况。唐杜牧，字牧之，《遣怀诗》云："十年一
觉扬州梦，赢得青楼薄幸名。"

夜 行 船

己酉岁，寓吴兴，同田几道寻梅北山沈氏圃，载雪而归。

略彴①横溪人不度，听流澌佩环无数②。屋角垂枝，船头
生影，算唯有春知处。

回首江南天欲暮，折寒香倩谁传语？玉笛无声③，诗人
有句④，花休道轻分付。

------

①略彴（zhuó）：小木桥。　②流澌：流冰。
③李白诗云："黄鹤楼中吹玉笛，江城五月落梅花。"　④宋
林逋《梅花诗》云："疏影横斜水清浅，暗香浮动月黄昏。"自
来以为最得梅花之神。

杏 花 天 影

丙午之冬发沔口。丁未正月二日道金陵，北望淮楚，风日
清淑。小舟挂席，容与①波上。

绿丝低拂鸳鸯浦，想桃叶当时唤渡。又将愁眼与春风，
待去，倚兰桡②更少驻。

金陵路，莺吟燕儛③，算潮水知人最苦。满汀芳草不成归，日暮，更移舟向甚处？

----

①容与：迟缓不前的样子。　　②兰桡：精美的舟楫。
③儛：同"舞"。

醉吟商小品

　　石湖老人谓予云："琵琶有四曲，今不传矣：曰濩索（一曰濩弦）梁州、转关绿腰、醉吟商湖渭州、历弦薄媚也。"予每念之。辛亥之夏，予谒杨廷秀丈于金陵邸中，遇琵琶工解作醉吟商湖渭州，因求得品弦法，译成此谱，实双声耳。

　　又正是春归，细柳暗黄千缕。暮鸦啼处，梦逐金鞍去。一点芳心休诉，琵琶解语。

玉梅令
高平调

　　石湖家自制此声，未有语实之，命予作。石湖宅南隔河有圃曰范村，梅开雪落，竹院深静；而石湖畏寒不出，故戏及之。

　　疏疏雪片，散入溪南苑。春寒锁、旧家亭馆。有玉梅几树，背立怨东风，高花未吐，暗香已远。

　　公来领略①，梅花能劝，花长好、愿公更健。便揉春为酒，剪雪作新诗，拚②一日绕花千转。

------

①领略，一作"领客"。　　②拚（pàn）：亦作拚，不顾惜，犹言豁上。

踏莎行

自沔东来，丁未元日至金陵，江上感梦而作。

燕燕轻盈，莺莺娇软①，分明又向华胥见②。夜长争得薄情知？春初早被相思染。

别后书辞，别时针线，离魂暗逐郎行远。淮南皓月冷千山，冥冥归去无人管。

------

①"燕燕"二句：燕燕、莺莺，借指所恋女子。苏轼《张子野年八十五尚闻买妾述古令作诗》："诗人老去莺莺在，公子归来燕燕忙。"　　②《列子》言黄帝昼寝而梦游于华胥氏之国。

浣溪沙

予女须①家沔之山阳，左白湖，右云梦，春水方生，浸数千里。冬寒沙露，衰草入云。丙午之秋，予与安甥或荡舟采菱，或举火置兔②，或观鱼簺下③，山行野吟，自适其适，凭虚怅望，因赋是阕。

着酒行行满袂风，草枯霜鹘落晴空。销魂都在夕阳中。
恨入四弦人欲老，梦寻千驿意难通。当时何似莫匆匆。

----

①女须：姊也。屈原之姊曰女媭。　　②罝（jū）兔：捕
兔。罝：捕兔的网。《诗经·周南·兔罝》："肃肃兔罝，施于中
林。"　　③簺（sài）下：捕鱼栅栏之旁。簺：用竹木编成的
断水捕鱼工具。

又

辛亥正月二十四日，发合肥。

钗燕笼云晚不忺①，拟将裙带系郎船。别离滋味又今年！
杨柳夜寒犹自舞，鸳鸯风急不成眠。些儿闲事莫萦牵。

----

①忺：同"欣"，高兴。

又

丙辰岁不尽五日，吴松作。

雁怯重云不肯啼，画船愁过石塘西。打头风浪恶禁持①。
春浦渐生迎棹绿，小梅应长亚②门枝。一年灯火要人归。

----

①头：船头。恶：猛，厉害。禁（jīn）持：折磨，使受苦。
②亚：压也。

庆 宫 春

　　绍熙辛亥除夕，予别石湖归吴兴，雪后夜过垂虹，尝赋诗云："笠泽茫茫雁影微，玉峰重叠护云衣。长桥寂寞春寒夜，只有诗人一舸归。"后五年冬，复与俞商卿、张平甫、铦朴翁自封禺同载诣梁溪，道经吴松。山寒天迥，云浪四合；中夕相呼步垂虹，星斗下垂，错杂渔火，朔吹凛凛，厄酒不能支。朴翁以衾自缠，犹相与行吟。因赋此阕，盖过旬涂稿乃定。朴翁咎予无益，然意所耽不能自已也；平甫、商卿、朴翁皆工于诗，所出奇诡。予亦强追逐之。此行既归，各得五十余解。

　　双桨莼波，一蓑松雨，暮愁渐满空阔。呼我盟鸥，翩翩欲下，背人还过木末[1]。那回归去，荡云雪，孤舟夜发。伤心重见，依约眉山，黛痕低压。

　　采香径里春寒，老子婆娑，自歌谁答？垂虹西望[2]，飘然引去，此兴平生难遏。酒醒波远，政凝想明珰素袜[3]。如今安在，唯有阑干，伴人一霎。

----

　　[1]木末：树梢。屈原《九歌》："采薜荔兮水中，搴芙蓉兮木末。"　　[2]垂虹桥：在今江苏苏州吴江区东，凡七十二洞。　　[3]古有范蠡载西施入五湖之传说，故云然。

齐 天 乐

　　丙辰岁，与张功父会饮张达可之堂。闻屋壁间蟋蟀有声。

功父约予同赋，以授歌者。功父先成，辞甚美。予徘徊茉莉花间，仰见秋月，顿起幽思。寻亦得此。蟋蟀中都呼为促织，善斗。好事者或以三二十万钱致一枚，镂象齿为楼观以贮之。

庾郎①先自吟愁赋，凄凄更闻私语。露湿铜铺②，苔侵石井，都是曾听伊处。哀音似诉。正思妇无眠，起寻机杼③。曲曲屏山，夜凉独自甚情绪！

西窗又吹暗雨，为谁频断续、相和砧杵？候馆吟秋，离宫吊月，别有伤心无数。豳诗漫与④，笑篱落呼灯，世间儿女。写入琴丝，一声声更苦⑤。

----

①庾郎：北周庾信也。　　②铜铺：门饰衔环者也。
③蟋蟀别名促织，故云。　　④《诗经·豳风·七月》云："十月蟋蟀入我床下。"　　⑤宣政间有士大夫制《蟋蟀吟》。

一　萼　红

丙午人日①，予客长沙别驾②之观政堂。堂下曲沼。沼西负古垣。有卢橘幽篁，一径深曲。穿径而南，官梅数十株，如椒如菽，或红破白露③，枝影扶疏。着屐苍苔细石间，野兴横生，亟命驾登定王台④，乱湘流入麓山。湘云低昂，湘波容与。兴尽悲来，醉吟成调。

古城阴，有官梅几许，红萼未宜簪。池面冰胶，墙腰雪老，云意还又沉沉。翠藤共，闲穿径竹，渐笑语、惊起卧沙禽。野老林泉，故王台榭，呼唤登临。

　　南去北来何事，荡湘云楚水，目极伤心。朱户黏鸡，金盘簇燕⑤，空叹时序侵寻⑥。记曾共，西楼雅集，想垂杨还袅万丝金。待得归鞍到时，只怕春深。

----

　　①人日：阴历正月初七为人日。　　②别驾：乃宋代通判之别称。　　③红破白露：形容梅蕾初绽，有红色，有白色。④定王台：汉长沙定王发既之国，筑台以望母。　　⑤《拾遗记》记尧时有祇支之国献重明之鸟，一名重精，状如鸡，能搏逐猛兽虎狼，使妖灾群不能为害。后世岁首或图画为鸡于牖上，盖重精之遗像也。《荆楚岁时记》有剪彩为燕戴之之说。　　⑥侵寻：渐进，引申为流逝。

念 奴 娇

　　予客武陵①，湖北宪治在焉。古城野水，乔木参天。予与二三友日荡舟其间，薄荷花而饮。意象幽闲，不类人境。秋水且涸，荷叶出地寻丈，因列坐其下。上不见日，清风徐来，绿云自动。间于疏处窥见游人画船，亦一乐也。揭来吴兴②，数得相羊③荷花中。又夜泛西湖，光景奇绝。故以此句写之。

　　闹红一舸，记来时尝与鸳鸯为侣。三十六陂人未到④，水佩风裳无数。翠叶吹凉，玉容销酒，更洒菰蒲雨。嫣然摇动，冷香飞上诗句。

日暮青盖亭亭，情人不见，争忍凌波去？只恐舞衣寒易落，愁入西风南浦。高柳垂阴，老鱼吹浪，留我花间住。田田多少，几回沙际归路。

----

①武陵：朗州武陵郡，今湖南常德市。　②揭（qié）来：来到。揭：发语词。吴兴：今浙江湖州。　③相羊：徜徉，自由自在地游玩。　④三十六陂：王安石《题西太一宫壁》诗之一："三十六陂烟水，白头想见江南。"此处盖虚辞，非实地。《寰宇记》：圃田泽在中牟县，为陂者三十有六。

法曲献仙音

张彦功官舍在铁冶岭①上，即昔之教坊使②宅。高斋下瞰湖山，光景奇绝。予数过之，为赋此。

虚阁笼寒，小帘通月，暮色偏怜高处。树隔离宫，水平驰道，湖山尽入尊俎③。奈楚客淹留久，砧声带愁去。

屡回顾。过秋风未成归计，谁念我重见冷枫红舞？唤起淡妆人④，问逋仙今在何许⑤？象笔鸾笺，甚而今不道秀句。怕平生幽恨，化作沙边烟雨。

----

①铁冶岭：在杭州云居山下。　②教坊使：官名。唐宋时掌管女乐的官署名教坊，其中置教坊使。　③尊俎：盛酒的器皿，亦代指宴席。　④淡妆人：喻指梅花。杨万里《梅花》诗云："月波成雾雾成霜，借与南枝作淡妆。"　⑤逋仙：

林逋。林逋爱梅，隐居孤山，故云。

琵琶仙

《吴都赋》云："户藏烟浦，家具画船。"唯吴兴为然。春游之盛，西湖未能过也。己酉岁，予与萧时父①载酒南郭，感遇成歌。

双桨来时，有人似、旧曲桃根桃叶②。歌扇轻约飞花，蛾眉正奇绝。春渐远，汀洲自绿，更添了几声啼鴂③。十里扬州④，三生杜牧，前事休说。

又还是宫烛分烟⑤，奈愁里匆匆换时节。都把一襟芳思，与空阶榆荚。千万缕藏鸦细柳⑥，为玉尊，起舞回雪。想见西出阳关，故人初别⑦。

----

①萧时父：萧德藻的子侄辈，白石岳丈家的人。　　②旧曲：言乐伎也。《晋书·乐志》云："魏晋之世，有孙氏善弘旧曲。"桃叶：晋王献之妾。桃根：桃叶之妹。　　③啼鴂：悲鸣的杜鹃。杜鹃，旧称鹈鴂。《离骚》："恐鹈鴂之先鸣兮，使夫百草为之不芳。"
④杜牧《赠别》诗云："春风十里扬州路，卷上珠帘总不如。"
⑤宫烛分烟：言寒食时节也。唐韩愈《寒食诗》云："春城无处不飞花，寒食东风御柳斜。日暮汉宫传蜡烛，轻烟散入五侯家。"
⑥藏鸦细柳：形容柳条深密。周邦彦《渡江云》："千万丝，陌头杨柳，渐渐可藏鸦。"　　⑦唐王维《送元二使安西》诗云："渭城朝雨浥轻尘，客舍青青柳色新。劝君更尽一杯酒，西出阳关无故人。"

玲珑四犯

越中^①岁暮闻箫鼓，感怀。

叠鼓夜寒，垂灯春浅，匆匆时事如许！倦游欢意少，俯仰悲今古。江淹又吟恨赋^②，记当时送君南浦。万里乾坤，百年身世，唯有此情苦。

扬州柳垂官路；有轻盈换马，端正窥户^③。酒醒明月下，梦逐潮声去。文章信美知何用！漫赢得天涯羁旅。教说与，春来要寻花伴侣。

----

①越中：指今浙江绍兴。春秋时，越国建都会稽（即今绍兴）。　②江淹：南北朝时南朝梁文学家，作有《恨赋》《别赋》等名作。　③轻盈、端正：轻盈、端正之人。

解 连 环

玉鞭重倚，却沉吟未上，又萦离思。为大乔能拨春风，小乔妙移筝^①，雁啼秋水。柳怯云松，更何必十分梳洗？道郎携羽扇，那日隔帘，半面曾记。

西窗夜凉雨霁。叹幽欢未足，何事轻弃！问后约，空指蔷薇。算如此溪山，甚时重至？水驿灯昏，又见在曲屏近底。念唯有夜来皓月，照伊自睡。

----

①大乔、小乔：汉太尉乔玄之女。吴攻皖，拔之，得二乔。

孙策纳大乔，周瑜纳小乔。此处代指姊妹。

扬 州 慢

淳熙丙申至日，予过维扬。夜雪初霁，荠麦弥望。入其城则四顾萧条，寒水自碧，暮色渐起，戍角悲吟。予怀怆然，感慨今昔，因自度此曲。千岩老人以为有黍离之悲也[1]。

淮左名都，竹西佳处[2]，解鞍少驻初程。过春风十里，尽荠麦青青。自胡马窥江去后[3]，废池乔木，犹厌言兵。渐黄昏，清角吹寒，都在空城。

杜郎俊赏[4]，算而今重到须惊。纵豆蔻词工，青楼梦好[5]，难赋深情。二十四桥[6]仍在，波心荡，冷月无声。念桥边红药，年年知为谁生。

----

①千岩老人：南宋诗人萧德藻，晚年居浙江湖州，喜爱当地弁山千岩竞秀，自号千岩老人。黍离之悲：指故国残破，都邑荒凉的悲思。《诗经·王风》有《黍离》篇，写东周一位诗人路经被犬戎焚掠后的西周故都，看到旧城荒废，宫殿遗址长满庄稼，深感悲伤。 ②杜牧《题扬州禅智寺》诗云："谁知竹西路，歌吹是扬州。" ③言金人南侵也。 ④唐杜牧在扬州，每夕为狭斜游，所至成欢，无不会意，如是者数年。 ⑤杜牧《赠别》诗云："娉娉袅袅十三余，豆蔻梢头二月初。"《遣怀》诗云："落魄江湖载酒行，楚腰纤细掌中轻。十年一觉扬州梦，赢得青楼薄幸名。" ⑥二十四桥：在今江苏扬州

市。杜牧《寄扬州韩绰判官》：二十四桥明月夜，玉人何处教吹
箫。《方舆胜览》谓隋置，以城门坊市为名，后韩令坤省筑州
城，分布阡陌，别立梁桥，所谓二十四桥者，或存或废，不可
得而考矣。或谓二十四桥即吴家砖桥，一名红药桥，古有二十
四美人吹箫于此，故名。

长亭怨慢

　　予颇喜自制曲。初率意为长短句，然后协以律，故前后阕
多不同。桓大司马云："昔年种柳，依依汉南。今看摇落，凄怆
江潭。树犹如此，人何以堪！"[①]此语予深爱之。

　　渐吹尽枝头香絮，是处人家，绿深门户。远浦萦回，暮
帆零乱向何许？阅人多矣，谁得似长亭树？树若有情时，不
会得青青如此。

　　日暮，望高城不见，只见乱山无数。韦郎去也，怎忘得
玉环分付[②]？第一是早早归来，怕红萼无人为主。算空有并
刀，难剪离愁千缕。

------

　　①东晋桓温为大司马都督军事，率兵北征时，见以前所种
柳树皆已老大，感慨地说："木犹如此，人何以堪！"事见《世
说新语·言语》。　　②唐韦皋少游江夏，止于姜使君之馆，有
小青衣曰玉箫，常令承侍，因而有情。后韦归，与玉箫约，少
则五载，多则七年来取；因留玉指环并诗遗之。至八年春，不
至，玉箫叹曰："韦家郎君一别七年，是不来矣！"

淡 黄 柳

正平调近

　　客居合肥南城赤阑桥之西，巷陌凄凉，与江左异。唯柳色夹道，依依可怜。因度此曲，以纾客怀。

　　空城晓角，吹入垂杨陌。马上单衣寒恻恻。看尽鹅黄嫩绿，都是江南旧相识。

　　正岑寂，明朝又寒食。强携酒小桥①宅，怕梨花落尽成秋色。燕燕飞来，问春何在，唯有池塘自碧。

----

①小桥：即小乔，此处指其合肥情侣。

惜 红 衣

　　吴兴号水晶宫，荷花盛丽。陈简斋云："今年何以报君恩，一路荷花相送到青墩。"亦可见矣。丁未之夏，予游千岩，数往来红香中。自度此曲，以无射宫歌之。

　　簟枕邀凉，琴书换日，睡余无力。细洒冰泉，并刀破甘碧。墙头唤酒，谁问讯城南诗客？岑寂，高树①晚蝉，说西风消息。

　　虹梁水陌，鱼浪吹香，红衣半狼藉。维舟试望，故国眇天北。可惜渚边沙外，不共美人游历。问甚时同赋，三十六陂秋色？

----

①高树：作柳。

角　　招

黄钟角

　　甲寅春，予与俞商卿燕游西湖，观梅于孤山之西村。玉雪照映，吹香薄人。已而商卿归吴兴，予独来，则山横春烟，新柳被水，游人容与飞花中。怅然有怀，作此寄之。商卿善歌声，稍以儒雅缘饰。予每自度曲，吟洞箫，商卿辄歌而和之，极有山林缥缈之思。今予离忧，商卿一行作吏，殆无复此乐矣。

　　为春瘦，何堪更绕西湖尽是垂柳！自看烟外岫。记得与君，湖上携手；君归未久，早乱落香红千亩。一叶凌波缥缈，过三十六离宫①，遣游人回首。

　　犹有画船障袖，青楼倚扇，相映人争秀。翠翘②光欲溜，爱着宫黄，而今时候。伤春似旧，荡一点、春心如酒。写入吴丝自奏③，问谁识曲中心，花前友？

----

①唐骆宾王诗句云："汉家离宫三十六。"　　②翠翘：女子首饰。　　③言谱人弦奏也。

征　　招

　　越中山水幽远。予数上下西兴、钱清间，襟抱清旷。越人善为舟，卷篷方底，舟师行歌徐徐曳之，如偃卧榻上，无动摇突兀势，以故得尽情骋望。予欲家焉而未得，作《征招》以寄兴。

潮回却过西陵浦①，扁舟仅容居士。去得几何时，黍离离②如此。客途今倦矣，漫赢得一襟诗思。记忆江南，落帆沙际，此行还是。

迤逦剡中山，重相见，依依故人情味。似怨不来游，拥愁鬟十二③。一丘聊复尔，也孤负幼舆④高致。水葓⑤晚，漠漠摇烟，奈未成归计。

----

①西陵：渡名，即序中之西兴，在今浙江萧山西。
②黍离离：黍苗茂密成行的样子。《诗经·王风·黍离》："彼黍离离，彼稷之苗。"　③言山容如愁鬟也。　④幼舆：晋谢鲲字。明帝问鲲："卿何如庾亮？"对曰："端委庙堂，使百僚准则，臣不如亮。一丘一壑，自谓过之。"　⑤水葓：草名，生于池塘草泽之中。林浦《夏日池上》诗："莲香如绮细濛濛，翡翠窥鱼裛水葓。"

秋 宵 吟

越调

古帘空，坠月皎，坐久西窗人悄。蛩吟①苦，渐漏水丁丁②，箭壶③催晓。引凉飔，动翠葆④，露脚斜飞云表。因嗟念、似去国情怀，暮帆烟草。

带眼销磨⑤，为近日愁多顿老。卫娘何在⑥？宋玉⑦归来，两地暗萦绕。摇落江枫早。嫩约无凭，幽梦又杳。但盈盈泪洒单衣，今夕何夕⑧恨未了。

----

①蛩（qióng）吟：蟋蟀鸣。　　②漏：漏壶，古计时器。

丁丁：漏水声。　③箭壶：即漏壶之箭。置于漏壶用以标记时刻之物。　④飔（sī）：疾风。翠葆：青翠的绿竹。⑤带眼：带孔也。腰围瘦损，带眼频移，致销磨也。　⑥唐罗隐诗云："蜀国暖回浮峡浪，卫娘清转遏云歌。"　⑦宋玉：战国辞赋诗人，著《高唐赋》《登徒子好色赋》等。　⑧今夕何夕：《诗经·唐风·绸缪》："今夕何夕，见此良人。"

凄凉犯

合肥巷陌皆种柳，秋风夕起骚骚然。予客居阖户，时闻马嘶。出城四顾，则荒烟野草，不胜凄黯，乃著此解。

绿杨巷陌秋风起，边城一片离索。马嘶渐远，人归甚处？戍楼吹角。情怀正恶，更衰草寒烟淡薄。似当时将军部曲，迤逦度沙漠。

追念西湖上，小舫携歌，晚花行乐。旧游在否？想如今翠凋红落。漫写羊裙①，等新雁来时系着。怕匆匆不肯寄与，误后约。

---

①南朝宋羊欣年十二，王献之甚知爱之。欣尝着新绢裙，昼寝，献之见之，书裙数幅而去。

翠 楼 吟

双调

　　淳熙丙午冬，武昌安远楼成，与刘去非诸友落之，度曲见志。予去武昌十年，故人有泊舟鹦鹉洲者，闻小姬歌此词，问之，颇能道其事，还吴为予言之。兴怀昔游，且伤今之离索也。

　　月冷龙沙[①]，尘清虎落[②]，今年汉酺[③]初赐。新翻胡部曲，听毡幕元戎歌吹。层楼高峙，看槛曲萦红，檐牙飞翠。人姝丽，粉香吹下，夜寒风细。

　　此地宜有词仙，拥素云黄鹤[④]，与君游戏。玉梯凝望久，叹芳草萋萋千里[⑤]。天涯情味，仗酒祓清愁，花销英气。西山外，晚来还卷，一帘秋霁。

----

　　①龙沙：漠时西北塞外地名。此处则犹云塞外耳。　　②虎落：篱落，藩篱。古代用以遮护城邑或营寨的竹篱亦用以作为边塞分界的标志。　　③酺：国有欢庆之事，赐臣民合聚饮酒也。汉唐时均行之。　　④武昌黄鹤楼，因费文祎登仙，每乘黄鹤，于此楼憩，故名。　　⑤崔颢诗云："晴川历历汉阳树，芳草萋萋鹦鹉洲。"

湘 月

　　长溪杨声伯典长沙楫棹，居濒湘江。窗间所见，如燕公郭熙画图，卧起幽适。丙午七月既望，声伯约予与赵景鲁、景望、萧和父、裕父、时父、恭父，大舟浮湘，放乎中流。山水空寒，烟月交映，凄然其为秋也。坐客皆小冠练①服，或弹琴，或浩歌，或自酌，或援笔搜句。予度此曲，即念奴娇之鬲指声也②，于双调中吹之。鬲指亦谓之过腔，见晁无咎集。凡能吹竹者，便能过腔也。

五湖旧约，问经年底事，长负清景？暝入西山，渐唤我一叶夷犹乘兴。倦网都收，归禽时度，月上汀洲冷。中流容与，画桡不点清镜。

谁解唤起湘灵③，烟鬟雾鬓，理哀弦鸿阵？玉麈谈玄④，叹坐客多少风流名胜。暗柳萧萧，飞星冉冉⑤，夜久知秋信。鲈鱼应好，旧家乐事谁省？

----

①练（shú）：粗麻织成的布。　　②鬲指：即隔指，古音乐术语，谓箫管或笛子声隔一孔，名隔指声。　　③湘灵：湘水之神也。　　④晋王衍容貌整丽，妙于谈玄，恒捉白玉柄麈尾，与手都无分别。　　⑤冉冉：形容天宇群星缓缓降落。

蓦 山 溪

咏柳

青青官柳①，飞过双双燕。楼上对春寒，卷珠帘瞥然一见。如今春去，香絮乱因风，沾径草，惹墙花，一一教谁管？

阳关②去也，方表人肠断。几度拂行轩，念衣冠尊前易散。翠眉织锦，红叶浪题诗。烟渡口，水亭边，长是心先乱。

----

①官柳：指通衢官道上的柳树。杜甫《西郊》："西桥官柳细，江路野梅香。"　　②阳关：今甘肃敦煌西南，因在玉门关之南，故称阳关。

虞美人

括苍烟雨楼，石湖居士所造也。风景似越之蓬莱阁，而山势环绕，峰岭高秀过之。观居士题颜，且歌其所作《虞美人》。夔亦作一解。

阑干表立苍龙背，三面巉天翠。东游才上小蓬莱，不见此楼烟雨未应回。

而今指点来时路，却是冥濛处。老仙鹤驭几时归？未必山川城郭是耶非①。

----

①《搜神后记》云："丁令威学道于灵虚山。复化鹤归辽，集华表柱云：'有鸟有鸟丁令威，去家千年今始归。城郭如故人民非，何不学仙冢累累！'"

水调歌头

富览亭，永嘉作。

日落爱山紫，沙涨省潮回。平生梦犹不到，一叶眇①西来。欲讯桑田成海，人世了无知者，鱼鸟两相猜。天外玉笙杳，子晋只空台②。

倚阑干，二三子，总仙才。尔歌远游章句③，云气入吾杯。不问王郎五马④，颇忆谢生双屐⑤，处处长青苔。东望赤城近⑥，吾兴亦悠哉！

---

①一叶：指小舟。眇：通"渺"，辽远之意。　②《列仙传》记周灵王太子晋好吹笙作凤凰鸣。游伊洛之间，浮丘生接引上嵩山。后乘白鹤升仙。　③远游：屈原作，叙周历天地，与仙人俱游戏之事。　④五马：晋王羲之尝为永嘉太守。古称太守为五马。　⑤谢灵运为永嘉太守，着木屐，遨游山水，辄旬日不归。　⑥赤城：赤城山，在浙江天台市西北，土色皆赤，状似灵霞，望之如雉堞。

汉宫春

次韵稼轩，蓬莱阁。

一顾倾吴①，苎萝人不见②，烟杳重湖。当时事如对弈，此亦天乎！大夫仙去③，笑人间，千古须臾。有倦客扁舟夜泛，犹疑水鸟相呼。

秦山④对楼自绿，怕越王故垒，时下樵苏。只今倚阑一笑，然则非欤？小丛⑤解唱，倩松风为我吹竽。更坐待千岩月落，城头眇眇啼乌。

---

①言西施也。　②苎萝山：在今浙江诸暨南五里，西施

所居也。　　③大夫：范蠡。范蠡既助勾践灭吴，入齐，变姓名为鸱夷子皮；后居陶，自号陶朱公。而传说有云陶朱公后登仙也。　　④秦山：秦望山，会稽山之一峰。　　⑤指辛弃疾的侍女。